De L'esprit De Conquête

Benjamin Constant

Edition : Culturea (culurea.fr), 34 Hérault
Contact : infos@culturea.fr
Impression : BOD, Norderstedt (Allemagne)
ISBN :9791041831098
Date de publication : juillet 2023
Mise en page et maquettage : https://reedsy.com/
Cet ouvrage a été composé avec la police Bauer Bodoni

De L'esprit De Conquête.

PREMIÈRE PARTIE.

CHAPITRE PREMIER.

Des vertus compatibles avec la guerre, à certaines époques de l'état social.

Plusieurs écrivains, entraînés par l'amour de l'humanité dans de louables exagérations, n'ont envisagé la guerre que sous ses côtés funestes. Je reconnais volontiers ses avantages.

Il n'est pas vrai que la guerre soit toujours un mal. À de certaines époques de l'espèce humaine, elle est dans la nature de l'homme. Elle favorise alors le développement de ses plus belles et de ses plus grandes facultés; elle lui ouvre un trésor de précieuses jouissances; elle le forme à la grandeur d'âme, à l'adresse, au sangfroid, au courage, au mépris de la mort, sans lequel il ne peut jamais se répondre qu'il ne commettra pas toutes les lâchetés, et bientôt tous les crimes. La guerre lui enseigne des dévoûments héroïques, et lui fait contracter des amitiés sublimes. Elle l'unit de liens plus étroits, d'une part, à sa patrie, et de l'autre à ses compagnons d'armes. Elle fait succéder à de nobles entreprises de nobles loisirs. Mais tous ces avantages de la guerre tiennent à une condition indispensable, c'est qu'elle soit le résultat naturel de la situation et de l'esprit national des peuples.

Car je ne parle point ici d'une nation attaquée et qui défend son indépendance. Nul doute que cette nation ne puisse réunir à l'ardeur guerrière les plus hautes vertus; ou plutôt cette ardeur guerrière est ellemême de toutes les vertus la plus haute. Mais il ne s'agit pas alors de la guerre proprement dite, il s'agit de la défense légitime, c'estàdire du patriotisme, de l'amour de la justice, de toutes les affections nobles et sacrées.

Un peuple qui, sans être appelé à la défense de ses foyers, est porté par sa situation ou son caractère national à des expéditions belliqueuses et à des conquêtes, peut encore allier à l'esprit guerrier la simplicité des moeurs, le dédain pour le luxe, la générosité, la loyauté, la fidélité aux engagements, le respect pour l'ennemi courageux, la pitié même, et les ménagements pour l'ennemi subjugué. Nous voyons dans l'histoire ancienne et dans les annales du moyenâge ces qualités briller chez plusieurs nations, dont la guerre faisait l'occupation presque habituelle.

Mais la situation présente des peuples européens permetelle d'espérer cet amalgame? L'amour de la guerre estil dans leur caractère national? résultetil de leurs circonstances?

Si ces deux questions doivent se résoudre négativement, il s'ensuivra que, pour porter de nos jours les nations à la guerre et aux conquêtes, il faudra bouleverser leur situation, ce qui ne se fait jamais sans leur infliger beaucoup de malheurs et dénaturer leur caractère, ce qui ne se fait jamais sans leur donner beaucoup de vices.

CHAPITRE II.

Du caractère des nations modernes relativement à la guerre.

Les peuples guerriers de l'antiquité devaient pour la plupart à leur situation leur esprit belliqueux. Divisés en petites peuplades, ils se disputaient à main armée un territoire resserré. Poussés par la nécessité les uns contre les autres, ils se combattaient ou se menaçaient sans cesse. Ceux qui ne voulaient pas être conquérants ne pouvaient néanmoins déposer le glaive sous peine d'être conquis. Tous achetaient leur sûreté, leur indépendance, leur existence entière au prix de la guerre.

Le monde de nos jours est précisément, sous ce rapport, l'opposé du monde ancien.

Tandis que chaque peuple, autrefois, formait une famille isolée, ennemie née des autres familles, une masse d'hommes existe maintenant, sous différents noms et sous divers modes d'organisation sociale, mais homogène par sa nature. Elle est assez forte pour n'avoir rien à craindre des hordes encore barbares; elle est assez civilisée pour que la guerre lui soit à charge; sa tendance uniforme est vers la paix. La tradition belliqueuse, héritage de temps reculés, et surtout les erreurs des gouvernements, retardent les effets de cette tendance; mais elle fait chaque jour un progrès de plus. Les chefs des peuples lui rendent hommage, car ils évitent d'avouer ouvertement l'amour des conquêtes, ou l'espoir d'une gloire acquise uniquement par les armes. Le fils de Philippe n'oserait plus proposer à ses sujets l'envahissement de l'univers; et le discours de Pyrrhus à Cynéas semblerait aujourd'hui le comble de l'insolence ou de la folie.

Un gouvernement qui parlerait de la gloire militaire comme but méconnaîtrait ou mépriserait l'esprit des nations et celui de l'époque. Il se tromperait d'un millier d'années; et lors même qu'il réussirait d'abord, il serait curieux de voir qui gagnerait cette étrange gageure, de notre siècle ou de ce gouvernement.

Nous sommes arrivés à l'époque du commerce, époque qui doit nécessairement remplacer celle de la guerre, comme celle de la guerre a dû nécessairement la précéder.

La guerre et le commerce ne sont que deux moyens différents d'arriver au même but, celui de posséder ce que l'on désire. Le commerce n'est autre chose qu'un hommage rendu à la force du possesseur par l'aspirant à la possession; c'est une tentative pour obtenir de gré à gré ce qu'on n'espère plus conquérir par la violence. Un homme qui serait toujours le plus fort n'aurait jamais l'idée du commerce. C'est l'expérience qui, en lui prouvant que la guerre, c'estàdire l'emploi de sa force contre la force d'autrui, est exposée à diverses résistances et à divers échecs, le porte à recourir au commerce, c'estàdire à un moyen plus doux et plus sûr d'engager l'intérêt des autres à consentir à ce qui convient à son intérêt.

La guerre est donc antérieure au commerce. L'une est l'impulsion sauvage, l'autre le calcul civilisé. Il est clair que plus la tendance commerciale domine, plus la tendance guerrière doit s'affaiblir.

Le but unique des nations modernes, c'est le repos, avec le repos l'aisance, et comme source de l'aisance, l'industrie. La guerre est chaque jour un moyen plus inefficace d'atteindre ce but; ses chances n'offrent plus ni aux individus ni aux nations des bénéfices qui égalent les résultats du travail paisible et des échanges réguliers. Chez les anciens, une guerre heureuse ajoutait, en esclaves, en tributs, en terres partagées, à la richesse publique et particulière. Chez les modernes, une guerre heureuse coûte infailliblement plus qu'elle ne rapporte.

La république romaine, sans commerce, sans lettres, sans arts, n'ayant pour occupation intérieure que l'agriculture, restreinte à un sol trop peu étendu pour ses habitants, entourée de peuples barbares, et toujours menacée ou menaçante, suivait sa destinée en se livrant à des entreprises militaires non interrompues. Un gouvernement qui, de nos jours, voudrait imiter la république romaine, aurait ceci de différent, qu'agissant en opposition avec son peuple, il rendrait ses instruments tout aussi malheureux que ses victimes: un peuple ainsi gouverné serait la république romaine, moins la liberté, moins le mouvement national, qui facilite tous les sacrifices, moins l'espoir qu'avait chaque individu du partage des terres, moins, en un mot, toutes les circonstances qui embellissaient aux yeux des Romains ce genre de vie hasardeux et agité.

Le commerce a modifié jusqu'à la nature de la guerre. Les nations mercantiles étaient autrefois toujours subjuguées par les peuples guerriers; elles leur résistent aujourd'hui avec avantage; elles ont des auxiliaires au sein de ces peuples mêmes. Les ramifications infinies et compliquées du commerce ont placé l'intérêt des sociétés hors des limites de leur territoire, et l'esprit du siècle l'emporte sur l'esprit étroit et hostile qu'on voudrait parer du nom de patriotisme.

Carthage, luttant avec Rome dans l'antiquité, devait succomber: elle avait contre elle la force des choses. Mais si la lutte s'établissait maintenant entre Rome et Carthage, Carthage aurait pour elle les voeux de l'univers; elle aurait pour alliés les moeurs actuelles et le génie du monde.

La situation des peuples modernes les empêche donc d'être belliqueux par caractère; et des raisons de détail, mais toujours tirées des progrès de l'espèce humaine, et par conséquent de la différence des époques, viennent se joindre aux causes générales.

La nouvelle manière de combattre, le changement des armes, l'artillerie, ont dépouillé la vie militaire de ce qu'elle avait de plus attrayant. Il n'y a plus de lutte contre le péril; il n'y a que de la fatalité. Le courage doit s'empreindre de résignation ou se composer d'insouciance. On ne goûte plus cette jouissance de volonté, d'action, de développement des forces physiques et des facultés morales, qui faisait aimer aux héros anciens, aux chevaliers du moyenâge, les combats corps à corps.

La guerre a donc perdu son charme comme son utilité; l'homme n'est plus entraîné à s'y livrer, ni par intérêt, ni par passion.

CHAPITRE III.

De l'esprit de conquête dans l'état actuel de l'Europe.

Un gouvernement qui voudrait aujourd'hui pousser à la guerre et aux conquêtes un peuple européen commettrait donc un grossier et funeste anachronisme; il travaillerait à donner à sa nation une impulsion contraire à la nature. Aucun des motifs qui portaient les hommes d'autrefois à braver tant de périls, à supporter tant de fatigues, n'existant pour les hommes de nos jours, il faudrait leur offrir d'autres motifs tires de l'état actuel de la civilisation; il faudrait les animer aux combats par ce même amour des jouissances, qui, laissé à luimême, ne les disposerait qu'à la paix. Notre siècle, qui apprécie tout par l'utilité, et qui, lorsqu'on veut le sortir de cette sphère, oppose l'ironie à l'enthousiasme réel ou factice, ne consentirait pas à se repaître d'une gloire stérile, qu'il n'est plus dans nos habitudes de préférer à toutes les autres. À la place de cette gloire il faudrait mettre le plaisir; à la place du triomphe, le pillage. L'on frémira si l'on réfléchit à ce que serait l'esprit militaire appuyé sur ces seuls motifs.

Certes, dans le tableau que je vais tracer, il est loin de moi de vouloir faire injure à ces héros qui, se plaçant avec délices entre la patrie et les périls, ont, dans tous les pays, protégé l'indépendance des peuples; à ces héros qui ont si glorieusement défendu notre belle France. Je ne crains pas d'être mal compris par eux; il en est plus d'un dont l'âme, correspondant à la mienne, partage tous mes sentiments, et qui, retrouvant dans ces lignes son opinion secrète, verra dans leur auteur son organe.

CHAPITRE IV.

D'une race militaire n'agissant que par intérêt.

Les peuples guerriers que nous avons connus jusqu'ici étaient tous animés par des motifs plus nobles que les profits réels et positifs de la guerre. La religion se mêlait à l'impulsion belliqueuse des uns; l'orageuse liberté dont jouissaient les autres leur donnait une activité surabondante qu'ils avaient besoin d'exercer au dehors. Ils associaient à l'idée de la victoire celle d'une renommée prolongée bien au delà de leur existence sur la terre, et combattaient ainsi, non pour l'assouvissement d'une soif ignoble de jouissances présentes et matérielles, mais par un espoir en quelque sorte idéal, et qui exaltait l'imagination, comme tout ce qui se perd dans l'avenir et le vague.

Il est si vrai que, même chez les nations qui nous semblent le plus exclusivement occupées de pillage et de rapines, l'acquisition des richesses n'était pas le but principal, que nous voyons les héros scandinaves faire brûler sur leurs bûchers tous les trésors conquis durant leur vie, pour forcer les générations qui les remplaçaient à conquérir, par de nouveaux exploits, de nouveaux trésors. La richesse leur était donc précieuse, comme témoignage éclatant des victoires remportées, plutôt que comme signe représentatif et moyen de jouissances.

Mais si une race purement militaire se formait actuellement, comme son ardeur ne reposerait sur aucune conviction, sur aucun sentiment, sur aucune pensée; comme toutes les causes d'exaltation qui jadis ennoblissaient le carnage même lui seraient étrangères, elle n'aurait d'aliment ou de mobile que la plus étroite et la plus âpre personnalité; elle prendrait la férocité de l'esprit guerrier, mais elle conserverait le calcul commercial. Ces Vandales ressuscités n'auraient point cette ignorance du luxe, cette simplicité de moeurs, ce dédain de toute action basse, qui pouvaient caractériser leurs grossiers prédécesseurs; ils réuniraient à la brutalité de la barbarie les raffinements de la mollesse, aux excès de la violence les ruses de l'avidité.

Des hommes à qui l'on aurait dit bien formellement qu'ils ne se battent que pour piller; des hommes dont on aurait réduit toutes les idées belliqueuses à ce résultat clair et arithmétique, seraient bien différents des guerriers de l'antiquité.

Quatre cent mille égoïstes bien exercés, bien armés, sauraient que leur destination est de donner ou de recevoir la mort; ils auraient supputé qu'il valait mieux se résigner à cette destination que s'y dérober, parce que la tyrannie qui les y condamne est plus forte qu'eux. Ils auraient, pour se consoler, tourné leurs regards vers la récompense qui leur est promise, la dépouille de ceux contre lesquels on les mène. Ils marcheraient en conséquence avec la résolution de tirer de leurs propres forces le meilleur parti qu'il leur serait possible. Ils n'auraient ni pitié pour les vaincus, ni respect pour les faibles, parce que les vaincus étant, pour leur malheur, propriétaires de quelque chose, ne paraîtraient à ces vainqueurs qu'un obstacle entre eux et le but proposé. Le calcul aurait tué dans leur âme toutes les émotions naturelles, excepté celles qui naissent de la sensualité. Ils seraient encore émus à la vue d'une femme; ils ne le seraient pas à la vue d'un vieillard ou d'un enfant. Ce qu'ils auraient de connaissances pratiques leur servirait à mieux rédiger leurs arrêts de massacres ou de spoliation. L'habitude des formes légales donnerait à leurs injustices l'impassibilité de la loi. L'habitude des formes sociales répandrait sur leurs cruautés un vernis d'insouciance et de légèreté qu'ils croiraient de l'élégance; ils parcourraient ainsi le monde, tournant les progrès de la civilisation contre ellemême, tout entiers à leur intérêt, prenant le meurtre pour moyen, la débauche pour passetemps, la dérision pour gaîté, le pillage pour but; séparés par un abîme moral du reste de l'espèce humaine, et n'étant unis entre eux que comme des animaux féroces qui se jettent rassemblés sur les troupeaux.

Tels ils seraient dans leurs succès; que seraientils dans leurs revers?

Comme ils n'auraient eu qu'un but à atteindre, et non pas une cause à défendre, le but manqué, aucune conscience ne les soutiendrait; ils ne se rattacheraient à aucune opinion; ils ne tiendraient l'un à l'autre que par une nécessité physique, dont chacun même chercherait à s'affranchir.

Il faut aux hommes, pour qu'ils s'associent réciproquement à leurs destinées, autre chose que l'intérêt: il leur faut une opinion; il leur faut de la morale. L'intérêt tend à les isoler, parce qu'il offre à chacun la chance d'être seul plus heureux ou plus habile.

L'égoïsme, qui, dans la prospérité, aurait rendu ces conquérants de la terre impitoyables pour leurs ennemis, les rendrait, dans l'adversité, indifférents, infidèles à leurs frères d'armes. Cet esprit pénétrerait dans tous les rangs, depuis le plus élevé jusqu'au plus obscur; chacun verrait dans son camarade à l'agonie un dédommagement au pillage devenu impossible contre l'étranger; le malade dépouillerait le mourant; le fuyard dépouillerait le malade. L'infirme et le blessé paraîtraient à l'officier chargé de leur sort un poids importun dont il se débarrasserait à tout prix; et quand le général aurait précipité son armée dans quelque situation sans remède, il ne se croirait tenu à rien envers les infortunés qu'il aurait conduits dans le gouffre; il ne resterait point avec eux pour les sauver. La désertion lui semblerait un mode tout simple d'échapper aux revers ou de réparer les fautes. Qu'importe qu'il les ait guidés, qu'ils se soient reposés sur sa parole, qu'ils lui aient confié leur vie, qu'ils l'aient défendu, jusqu'au dernier moment, de leurs mains mourantes? Instruments inutiles, ne fautil pas qu'ils soient brisés?

Sans doute, ces conséquences de l'esprit militaire fondé sur des motifs purement intéressés ne pourraient se manifester dans leur terrible étendue chez aucun peuple moderne, à moins que le système conquérant ne se prolongeât durant plusieurs générations. Grâce au ciel, les Français, malgré tous les efforts de leur chef, sont restés et resteront toujours loin du terme vers lequel il les entraîne. Les vertus paisibles, que notre civilisation nourrit et développe, luttent encore victorieusement contre la corruption et les vices que la fureur des conquêtes appelle, et qui lui sont nécessaires. Nos armées donnent des preuves d'humanité comme de bravoure, et se concilient souvent l'affection des peuples, qu'aujourd'hui, par la faute d'un seul homme, elles sont réduites à repousser, tandis qu'autrefois elles étaient forcées à les vaincre; mais c'est l'esprit national, c'est l'esprit du siècle qui résiste au gouvernement. Si ce gouvernement subsiste, les vertus qui survivront aux efforts de l'autorité seront une sorte d'indiscipline. L'intérêt étant le mot d'ordre, tout sentiment désintéressé tiendra de l'insubordination; et plus ce régime terrible se prolongera, plus ces vertus s'affaibliront et deviendront rares.

CHAPITRE V.

Autre cause de détérioration pour la classe militaire, dans le système de conquête.

On a remarqué souvent que les joueurs étaient les plus immoraux des hommes. C'est qu'ils risquent chaque jour tout ce qu'ils possèdent; il n'y a pour eux nul avenir assuré; ils vivent et s'agitent sous l'empire du hasard.

Dans le système de conquête, le soldat devient un joueur, avec cette différence que son enjeu c'est sa vie; mais cet enjeu ne peut être retiré; il l'expose sans cesse et sans terme à une chance qui doit tôt ou tard être contraire; il n'y a donc pas non plus d'avenir pour lui: le hasard est aussi son maître aveugle et impitoyable.

Or, la morale a besoin du temps; c'est là qu'elle place ses dédommagements et ses récompenses. Pour celui qui vit de minute en minute, ou de bataille en bataille, le temps n'existe pas; les dédommagements de l'avenir deviennent chimériques; le plaisir du moment a seul quelque certitude: et, pour me servir d'une expression qui devient ici doublement convenable, chaque jouissance est autant de gagné sur l'ennemi. Qui ne sent que l'habitude de cette loterie de plaisir et de mort est nécessairement corruptrice?

Observez la différence qui existe toujours entre la défense légitime et le système des conquêtes; cette différence se reproduira souvent encore. Le soldat qui combat pour sa patrie ne fait que traverser le danger; il a pour perspective ultérieure le repos, la liberté, la gloire; il a donc un avenir, et sa moralité, loin de se dépraver, s'ennoblit et s'exalte. Mais l'instrument d'un conquérant insatiable voit après une guerre une autre guerre, après un pays dévasté, un autre pays à dévaster de même, c'estàdire après le hasard, le hasard encore.

CHAPITRE VI.

Influence de cet esprit militaire sur l'état Intérieur des peuples.

Il ne suffit pas d'envisager l'influence du système de conquête dans son action sur l'armée et dans les rapports qu'il établit entre elle et les étrangers, il faut la considérer encore dans ceux qui en résultent entre l'armée et les citoyens.

Un esprit de corps exclusif et hostile s'empare toujours des associations qui ont un autre but que le reste des hommes. Malgré la douceur et la pureté du christianisme, souvent les confédérations de ses prêtres ont formé dans l'État des états à part. Partout les hommes réunis en corps d'armée se séparent de la nation; ils contractent pour l'emploi de la force, dont ils sont dépositaires, une sorte de respect; leurs moeurs et leurs idées deviennent subversives de ces principes d'ordre et de liberté pacifique et régulière, que tous les gouvernements ont l'intérêt comme le devoir de consacrer.

Il n'est donc pas indifférent de créer dans un pays, par un système de guerres prolongées ou renouvelées sans cesse, une masse nombreuse imbue exclusivement de l'esprit militaire; car cet inconvénient ne peut se restreindre dans de certaines limites qui en rendent l'importance moins sensible. L'armée, distincte du peuple par son esprit, se confond avec lui dans l'administration des affaires.

Un gouvernement conquérant est plus intéressé qu'un autre à récompenser par du pouvoir et par des honneurs ses instruments immédiats; il ne saurait les tenir dans un camp retranché; il faut qu'il les décore au contraire des pompes et des dignités civiles.

Mais ces guerriers déposerontils avec le fer qui les couvre l'esprit dont les a pénétrés dès leur enfance l'habitude des périls? Revêtirontils avec la toge la vénération pour les lois, les ménagements pour les formes protectrices, ces divinités des associations humaines? La classe désarmée leur paraît un ignoble vulgaire, les lois, des subtilités inutiles, les formes, d'insupportables lenteurs; ils estiment pardessus tout, dans les transactions comme dans les faits guerriers, la rapidité des évolutions. L'unanimité leur semble nécessaire dans les opinions, comme le même uniforme dans les troupes; l'opposition leur est un désordre, le raisonnement une révolte, les tribunaux des conseils de guerre, les juges des soldats qui ont leur consigne, les accusés des ennemis, les jugements des batailles.

Ceci n'est point une exagération fantastique. N'avonsnous pas vu, durant ces vingt dernières années, s'introduire dans presque toute l'Europe une justice militaire dont le premier principe était d'abréger les formes, comme si toute abréviation des formes n'était pas le plus révoltant sophisme; car si les formes sont inutiles, tous les tribunaux doivent les bannir; si elles sont nécessaires, tous doivent les respecter; et certes, plus l'accusation est grave, moins l'examen est superflu. N'avonsnous pas vu siéger sans cesse, parmi les juges, des hommes dont le vêtement seul annonçait qu'ils étaient voués à l'obéissance, et ne pouvaient en conséquence être des juges indépendants?

Nos neveux ne croiront pas, s'ils ont quelque sentiment de la dignité humaine, qu'il fut un temps où des hommes illustrés sans doute par d'immortels exploits, mais nourris sous la tente, et ignorants de la vie civile, interrogeaient des prévenus qu'ils étaient incapables de comprendre, condamnaient sans appel des citoyens qu'ils n'avaient pas le droit de juger. Nos neveux ne croiront pas, s'ils ne sont le plus avili des peuples, qu'on ait fait comparaître devant les tribunaux militaires des législateurs, des écrivains, des accusés de délits politiques, donnant ainsi, par une dérision féroce, pour juge à l'opinion et à la pensée, le courage sans lumière et la soumission sans intelligence. Ils ne croiront pas non plus qu'on ait imposé à des guerriers revenant de la victoire, couverts de lauriers que rien n'avait flétris, l'horrible tâche de se transformer en bourreaux, de poursuivre, de saisir, d'égorger des citoyens, dont les noms, comme les crimes, leur étaient inconnus. Non, tel ne fut jamais, s'écrierontils, le prix des exploits, la pompe triomphale! Non, ce n'est pas ainsi que les défenseurs de la France reparaissaient dans leur patrie et saluaient le sol natal!

La faute, certes, n'en était pas à ces défenseurs. Mille fois je les ai vus gémir de leur triste obéissance. J'aime à le répéter, leurs vertus résistent, plus que la nature humaine ne permet de l'espérer, à l'influence du système guerrier et à l'action d'un gouvernement qui veut les corrompre. Ce gouvernement seul est coupable, et nos armées ont seules le mérite de tout le mal qu'elles ne font pas.

CHAPITRE VII.

Autre inconvénient de la formation d'un tel esprit militaire.

Enfin, par une triste réaction, cette portion du peuple que le gouvernement aurait forcée à contracter l'esprit militaire, contraindrait à son tour le gouvernement de persister dans le système pour lequel il aurait pris tant de soin de la former.

Une armée nombreuse, fière de ses succès, accoutumée au pillage, n'est pas un instrument qu'il soit aisé de manier. Nous ne parlons pas seulement des dangers dont il menace les peuples qui ont des constitutions populaires: l'histoire est trop pleine d'exemples qu'il est superflu de citer.

Tantôt les soldats d'une république illustrée par six siècles de victoires, entourés de monuments élevés à la liberté par vingt générations de héros, foulant aux pieds la cendre des Cincinnatus et des Camille, marchent sous les ordres de César, pour profaner les tombeaux de leurs ancêtres et pour asservir la ville éternelle; tantôt les légions anglaises s'élancent avec Cromwell sur un parlement qui luttait encore contre les fers qu'on lui destinait et les crimes dont on voulait le rendre l'organe, et livrent à l'usurpateur hypocrite, d'une part le roi, de l'autre la république.

Mais les gouvernements absolus n'ont pas moins à craindre de cette force toujours menaçante. Si elle est terrible contre les étrangers et contre le peuple au nom de son chef, elle peut devenir à chaque instant terrible à ce chef même. Ainsi ces formidables colosses, que des nations barbares plaçaient en tête de leurs armées pour les diriger sur leurs ennemis, reculaient tout à coup, frappés d'épouvanté ou saisis de fureur, et, méconnaissant la voix de leurs maîtres, écrasaient ou dispersaient les bataillons qui attendaient d'eux leur salut et leur triomphe.

Il faut donc occuper cette armée, inquiète dans son désoeuvrement redoutable, il faut la tenir éloignée, il faut lui trouver des adversaires. Le système guerrier, indépendamment des guerres présentes, contient le germe des guerres futures; et le souverain qui est entré dans cette route, entraîné qu'il est par la fatalité qu'il a évoquée, ne peut redevenir pacifique à aucune époque.

CHAPITRE VIII.

Action d'un Gouvernement conquérant sur la masse de la nation.

J'ai montré, ce me semble qu'un gouvernement, livré à l'esprit d'envahissement et de conquête, devrait corrompre une portion du peuple, pour qu'elle le servit activement dans ses entreprises; je vais prouver actuellement que, tandis qu'il dépraverait cette portion choisie, il faudrait qu'il agît sur le reste de la nation dont il réclamerait l'obéissance passive et les sacrifices, de manière à troubler sa raison, à fausser son jugement, à bouleverser toutes ses idées.

Quand un peuple est naturellement belliqueux, l'autorité qui le domine n'a pas besoin de le tromper pour l'entraîner à la guerre. Attila montrait du doigt à ses Huns la partie du monde sur laquelle ils devaient fondre, et ils y couraient, parce qu'Attila n'était que l'organe et le représentant de leur impulsion. Mais de nos jours la guerre ne procurant aux peuples aucun avantage, et n'étant pour eux qu'une source de privations et de souffrances, l'apologie du système des conquêtes ne pourrait reposer que sur le sophisme et l'imposture.

Tout en s'abandonnant à ses projets gigantesques, le gouvernement n'oserait dire à sa nation: «Marchons à la conquête du monde.» Elle lui répondrait d'une voix unanime: «Nous ne voulons pas la conquête du monde.»

Mais il parlerait de l'indépendance nationale, de l'honneur national, de l'arrondissement des frontières, des intérêts commerciaux, des précautions dictées par la prévoyance; que saisje encore? car il est inépuisable, le vocabulaire de l'hypocrisie et de l'injustice.

Il parlerait de l'indépendance nationale, comme si l'indépendance d'une nation était compromise parce que d'autres nations sont indépendantes.

Il parlerait de l'honneur national, comme si l'honneur national était blessé parce que d'autres nations conservent leur honneur.

Il alléguerait la nécessité de l'arrondissement des frontières, comme si cette doctrine, une fois admise, ne bannissait pas de la terre tout repos et toute équité; car c'est toujours en dehors qu'un gouvernement veut arrondir ses frontières. Aucun n'a sacrifié, que l'on sache, une portion de son territoire pour donner au reste une plus grande régularité géométrique. Ainsi l'arrondissement des frontières est un système dont la base se détruit par ellemême, dont les éléments se combattent, et dont l'exécution, ne reposant que sur la spoliation des plus faibles, rend illégitime la possession des plus forts.

Ce gouvernement invoquerait les intérêts du commerce, comme si c'était servir le commerce que dépeupler un pays de sa jeunesse la plus florissante, arracher les bras les plus nécessaires à l'agriculture, aux manufactures, à l'industrie[3], élever entre les autres peuples et soi des barrières arrosées de sang. Le commerce s'appuie sur la bonne intelligence des nations entre elles; il ne se soutient que par la justice; il se fonde sur l'égalité; il prospère dans le repos; et ce serait pour l'intérêt du commerce qu'un gouvernement rallumerait sans cesse des guerres acharnées, qu'il appellerait sur la tête de son peuple une haine universelle, qu'il marcherait d'injustice en injustice, qu'il ébranlerait chaque jour le crédit par des violences, qu'il ne voudrait point tolérer d'égaux!

Sous le prétexte des précautions dictées par la prévoyance, ce gouvernement attaquerait ses voisins les plus paisibles, ses plus humbles alliés, en leur supposant des projets hostiles, et comme devançant des agressions méditées. Si les malheureux objets de ses calomnies étaient facilement subjugués, il se vanterait de les avoir prévenus; s'ils avaient le temps et la force de lui résister: Vous le voyez, s'écrieraitil, ils voulaient la guerre, puisqu'ils se défendent[4].

Que l'on ne croie pas que cette conduite fût le résultat accidentel d'une perversité particulière; elle serait le résultat nécessaire de la position. Toute autorité qui voudrait entreprendre aujourd'hui des conquêtes étendues serait condamnée à cette série de prétextes vains et de scandaleux mensonges. Elle serait coupable assurément, et nous ne chercherons pas à diminuer son crime; mais ce crime ne consisterait point dans les moyens employés: il consisterait dans le choix volontaire de la situation qui commande de pareils moyens.

L'autorité aurait donc à faire, sur les facultés intellectuelles de la masse de ses sujets, le même travail que sur les qualités morales de la portion militaire. Elle devrait s'efforcer de bannir toute logique de l'esprit des uns, comme elle aurait tâché d'étouffer toute humanité dans le coeur des autres: tous les mots perdraient leur sens; celui de modération présagerait la violence; celui de justice annoncerait l'iniquité. Le droit des nations deviendrait un code d'expropriation et de barbarie: toutes les notions que les lumières de plusieurs siècles ont introduites dans les relations des sociétés, comme dans celles des individus, en seraient de nouveau repoussées. Le genre humain reculerait vers ces temps de dévastation qui nous semblaient l'opprobre de l'histoire. L'hypocrisie seule en ferait la différence; et cette hypocrisie serait d'autant plus corruptrice, que personne n'y croirait; car les mensonges de l'autorité ne sont pas seulement funestes quand ils égarent et trompent les peuples: ils ne le sont pas moins quand ils ne les trompent pas.

Des sujets qui soupçonnent leurs maîtres de duplicité et de perfidie se forment à la perfidie et à la duplicité. Celui qui entend nommer le chef qui le gouverne, un grand politique, parce que chaque ligne qu'il publie est une imposture, veut être à son tour un grand politique, dans une sphère plus subalterne; la vérité lui semble niaiserie, la fraude habileté. Il ne mentait jadis que par intérêt: il mentira désormais par intérêt et par amourpropre. Il aura la fatuité de la fourberie; et si cette contagion gagne un peuple essentiellement imitateur, un peuple où chacun craigne pardessus tout de passer pour dupe, la morale privée tarderatelle à être engloutie dans le naufrage de la morale publique?

CHAPITRE IX.

Des moyens de contrainte nécessaires pour suppléer à l'efficacité du mensonge.

Supposons que néanmoins quelques débris de raison surnagent, ce sera, sous d'autres rapports, un malheur de plus.

Il faudra que la contrainte supplée à l'insuffisance du sophisme. Chacun cherchant à se dérober à l'obligation de verser son sang dans des expéditions dont on n'aura pu lui prouver l'utilité, il faudra que l'autorité soudoie une foule avide destinée à briser l'opposition générale. On verra l'espionnage et la délation, ces éternelles ressources de la force quand elle a créé des devoirs et des délits factices, encouragés et récompensés; des sbires lâchés, comme des dogues féroces, dans les cités et dans les campagnes, pour poursuivre et pour enchaîner des fugitifs innocents aux yeux de la morale et de la nature; une classe se préparant à tous les crimes, en s'accoutumant à violer les lois; une autre classe se familiarisant avec l'infamie, en vivant du malheur de ses semblables; les pères punis pour les fautes des enfants; l'intérêt des enfants séparé ainsi de celui des pères; les familles n'ayant que le choix de se réunir pour la résistance, ou de se diviser pour la trahison; l'amour paternel transformé en attentat, la tendresse filiale traitée, de révolte. Et toutes ces vexations auront lieu, non pour une défense légitime, mais pour l'acquisition de pays éloignés, dont la possession n'ajoute rien à la prospérité nationale, à moins qu'on n'appelle prospérité nationale le vain renom de quelques hommes et leur funeste célébrité!

Soyons justes pourtant. On offre des consolations à ces victimes, destinées à combattre et à périr aux extrémités de la terre. Regardezles, elles chancellent en suivant leurs guides. On les a plongées dans un état d'ivresse qui leur inspire une gaîté grossière et forcée. Les airs sont frappés de leurs clameurs bruyantes; les hameaux retentissent de leurs chants licencieux. Cette ivresse, ces clameurs, cette licence, qui le croirait? c'est le chefd'oeuvre de leurs magistrats!

Etrange renversement produit, dans l'action de l'autorité, par le système des conquêtes! Durant vingt années, vous avez recommandé à ces mêmes hommes la sobriété, l'attachement à leurs familles, l'assiduité dans leurs travaux. Mais il faut envahir le monde! On les saisit, on les entraîne, on les excite au mépris des vertus qu'on leur avait longtemps inculquées. On les étourdit par l'intempérance, on les ranime par la débauche: c'est ce qu'on appelle raviver l'esprit public.

CHAPITRE X.

Autres inconvénients du système guerrier pour les lumières et la classe instruite.

Nous n'avons pas encore achevé rémunération qui nous occupe. Les maux que nous avons décrits, quelque terribles qu'ils nous paraissent, ne pèseraient pas seuls sur la nation misérable; d'autres s'y joindraient, moins frappants peutêtre à leur origine, mais plus irréparables, puisqu'ils flétriraient dans leur germe les espérances de l'avenir.

À certains périodes de la vie, les interruptions à l'exercice des facultés intellectuelles ne se réparent pas. Les habitudes hasardeuses, insouciantes et grossières de l'état guerrier, la rupture soudaine de toutes les relations domestiques, une dépendance mécanique quand l'ennemi n'est pas en présence, une indépendance complète sous le rapport des moeurs, à l'âge où les passions sont dans leur fermentation la plus active, ce ne sont pas là des choses indifférentes pour la morale ou pour les lumières. Condamner, sans une nécessité absolue, à l'habitation des camps ou des casernes les jeunes rejetons de la classe éclairée, dans laquelle résident, comme un dépôt précieux, l'instruction, la délicatesse, la justesse des idées, et cette tradition de douceur, de noblesse et d'élégance qui seule nous distingue des barbares, c'est faire à la nation tout entière un mal que ne compensent ni ses vains succès, ni la terreur qu'elle inspire, terreur qui n'est pour elle d'aucun avantage.

Vouer au métier de soldat le fils du commerçant, de l'artiste, du magistrat, le jeune homme qui se consacre aux lettres, aux sciences, à l'exercice de quelque industrie difficile et compliquée, c'est lui dérober tout le fruit de son éducation antérieure. Cette éducation même se ressentira de la perspective d'une interruption inévitable. Si les rêves brillants de la gloire militaire enivrent l'imagination de la jeunesse, elle dédaignera des études paisibles, des occupations sédentaires, un travail d'attention, contraire à ses goûts et à la mobilité de ses facultés naissantes. Si c'est avec douleur qu'elle se voit arrachée à ses foyers, si elle calcule combien le sacrifice de plusieurs années apportera de retard à ses progrès, elle désespérera d'ellemême; elle ne voudra pas se consumer en efforts dont une main de fer lui déroberait le fruit; elle se dira que, puisque l'autorité lui dispute le temps nécessaire à son perfectionnement intellectuel, il est inutile de lutter contre la force. Ainsi la nation tombera dans une dégradation morale, et dans une ignorance toujours croissante. Elle s'abrutira au milieu des victoires, et, sous ses lauriers même, elle sera poursuivie du sentiment qu'elle suit une fausse route, et qu'elle manque sa destination[5].

Tous nos raisonnements sans doute ne sont applicables que lorsqu'il s'agit de guerres inutiles et gratuites. Aucune considération ne peut entrer en balance avec la nécessité de repousser un agresseur. Alors toutes les classes doivent accourir, puisque toutes sont également menacées; mais leur motif n'étant pas un ignoble pillage, elles ne se corrompent point. Leur zèle s'appuyant sur la conviction, la contrainte devient superflue. L'interruption qu'éprouvent les occupations sociales, motivée qu'elle est sur les obligations les plus saintes et les intérêts les plus chers, n'a pas les mêmes effets que des interruptions arbitraires. Le peuple en voit le terme; il s'y soumet avec joie, comme à un moyen de rentrer dans un état de repos; et quand il y rentre, c'est avec une jeunesse nouvelle, avec des facultés ennoblies, avec le sentiment d'une force utilement et dignement employée.

Mais autre chose est défendre sa patrie, autre chose attaquer des peuples qui ont aussi une patrie à défendre. L'esprit de conquête cherche à confondre ces deux idées. Certains gouvernements, quand ils envoient leurs légions d'un pôle à l'autre, parlent encore de la défense de leurs foyers; on dirait qu'ils appellent leurs foyers tous les endroits où ils ont mis le feu.

CHAPITRE XI.

Point de vue sous lequel une nation conquérante envisagerait aujourd'hui ses propres succès.

Passons maintenant aux résultats extérieurs du système des conquêtes.

Il est probable que la même disposition des modernes, qui leur fait préférer la paix à la guerre, donnerait, dans l'origine, de grands avantages au peuple forcé par son gouvernement à devenir agresseur. Des nations absorbées dans leurs jouissances seraient lentes à résister; elles abandonneraient une portion de leurs droits pour conserverie reste; elles espéreraient sauver leur repos en transigeant de leur liberté. Par une combinaison fort étrange, plus l'esprit général serait pacifique, plus l'État qui se mettrait en lutte avec cet esprit trouverait d'abord des succès faciles.

Mais quelles seraient les conséquences de ces succès, même pour la nation conquérante? N'ayant aucun accroissement de bonheur réel à en attendre, en ressentiraitelle au moins quelque satisfaction d'amourpropre? Réclameraitelle sa part de gloire?

Bien loin de là. Telle est à présent la répugnance pour les conquêtes, que chacun éprouverait l'impérieux besoin de s'en disculper. Il y aurait une protestation universelle, qui n'en serait pas moins énergique pour être muette. Le gouvernement verrait la masse de ses sujets se tenir à l'écart, morne spectatrice. On n'entendrait dans tout l'empire qu'un long monologue du pouvoir. Tout au plus ce monologue seraitil dialogué de temps en temps, parce que des interlocuteurs serviles répéteraient au maître les discours qu'il aurait dictés. Mais les gouvernés cesseraient de prêter l'oreille à de fastidieuses harangues qu'il ne leur serait jamais permis d'interrompre. Ils détourneraient leurs regards d'un vain étalage dont ils ne supporteraient que les frais et les périls, et dont l'intention serait contraire à leur voeu.

L'on s'étonne de ce que les entreprises les plus merveilleuses ne produisent de nos jours aucune sensation. C'est que le bon sens des peuples les avertit que ce n'est point pour eux que l'on fait ces choses. Comme les chefs y trouvent seuls du plaisir, on les charge seuls de la récompense. L'intérêt aux victoires se concentre dans l'autorité et ses créatures. Une barrière morale s'élève entre le pouvoir agité et la foule immobile. Le succès n'est qu'un météore qui ne vivifie rien sur son passage; à peine lèveton la tête pour le contempler un instant; quelquefois même on s'en afflige, comme d'un encouragement donné au délire. On verse des larmes sur les victimes, mais on désire les échecs.

Dans les temps belliqueux, l'on admirait pardessus tout le génie militaire; dans nos temps pacifiques, ce que l'on implore c'est de la modération et de la justice. Quand un gouvernement nous prodigue de grands spectacles et de l'héroïsme, et des créations, et des destructions sans nombre, on serait tenté de lui répondre:

Le moindre grain de mil serait mieux notre affaire[6];

et les plus éclatants prodiges, et leurs pompeuses célébrations ne sont que des cérémonies funéraires où l'on forme des danses sur des tombeaux.

CHAPITRE XII.

Effet de ces succès sur les peuples conquis.

«Le droit des gens des Romains, dit Montesquieu, consistait à exterminer les citoyens de la nation vaincue. Le droit des gens que nous suivons aujourd'hui fait qu'un État qui en a conquis un autre continue à le gouverner selon ses lois, et ne prend pour lui que l'exercice du gouvernement politique et civil[7].»

Je n'examine pas jusqu'à quel point cette assertion est exacte. Il y a certainement beaucoup d'exceptions à faire pour ce qui regarde l'antiquité.

Nous voyons souvent que des nations subjuguées ont continué à jouir de toutes les formes de leur administration précédente et de leurs anciennes lois. La religion des vaincus était scrupuleusement respectée. Le polythéisme, qui recommandait l'adoration des dieux étrangers, inspirait des ménagements pour tous les cultes. Le sacerdoce égyptien conserva sa puissance sous les Perses. L'exemple de Cambyse, qui était en démence, ne doit pas être cité; mais Darius ayant voulu placer dans un temple sa statue devant celle de Sésostris, le grandprêtre s'y opposa, et le monarque n'osa lui faire violence. Les Romains laissèrent aux habitants de la plupart des contrées soumises leurs autorités municipales, et n'intervinrent dans la religion gauloise que pour abolir les sacrifices humains.

Nous conviendrons cependant que les effets de la conquête étaient devenus trèsdoux depuis quelques siècles, et sont restés tels jusqu'à la fin du dixhuitième. C'est que l'esprit de conquête avait cessé. Celles de Louis XIV luimême étaient plutôt une suite des prétentions et de l'arrogance d'un monarque orgueilleux que d'un véritable esprit conquérant. Mais l'esprit de conquête est ressorti des orages de la révolution française plus impétueux que jamais. Les effets des conquêtes ne sont donc plus ce qu'ils étaient du temps de M. de Montesquieu.

Il est vrai, l'on ne réduit pas les vaincus en esclavage, on ne les dépouille pas de la propriété de leurs terres, on ne les condamne point à les cultiver pour d'autres, on ne les déclare pas une race subordonnée appartenant aux vainqueurs.

Leur situation paraît donc encore à l'extérieur plus tolérable qu'autrefois. Quand l'orage est passé, tout semble rentrer dans l'ordre. Les cités sont debout, les marchés se repeuplent, les boutiques se rouvrent; et sauf le pillage accidentel, qui est un malheur de la circonstance; sauf l'insolence habituelle, qui est un droit de la victoire; sauf les contributions, qui, méthodiquement imposées, prennent une douce apparence de régularité, et qui cessent, ou doivent cesser, lorsque la conquête est accomplie, on dirait d'abord qu'il n'y a de changé que les noms et quelques formes. Entrons néanmoins plus profondément dans la question.

La conquête, chez les anciens, détruisait souvent les nations entières; mais quand elle ne les détruisait pas, elle laissait intacts tous les objets de l'attachement le plus vif des hommes, leurs moeurs, leurs lois, leurs usages, leurs dieux. Il n'en est pas de même dans les temps modernes. La vanité de la civilisation est plus tourmentante que l'orgueil de la barbarie. Celuici voit en masse; la première examine avec inquiétude et en détail.

Les conquérants de l'antiquité, satisfaits d'une obéissance générale, ne s'informaient pas de la vie domestique de leurs esclaves ni de leurs relations locales. Les peuples soumis retrouvaient presque en entier, au fond de leurs provinces lointaines, ce qui constitue le charme de la vie, les habitudes de l'enfance, les pratiques consacrées, cet entourage de souvenirs qui, malgré l'assujettissement politique, conserve à un pays l'air d'une patrie.

Les conquérants de nos jours, peuples ou princes, veulent que leur empire ne présente qu'une surface unie, sur laquelle l'oeil superbe du pouvoir se promène sans rencontrer aucune inégalité qui le blesse ou borne sa vue. Le même code, les mêmes mesures, les mêmes règlements, et, si l'on peut y parvenir graduellement, la même langue: voilà ce qu'on proclame la perfection de toute organisation sociale. La religion fait exception; peutêtre estce parce qu'on la méprise, la regardant comme une erreur usée qu'il faut laisser mourir en paix. Mais cette exception est la seule; et l'on s'en dédommage en séparant, le plus qu'on le peut, la religion des intérêts de la terre.

Sur tout le reste, le grand mot aujourd'hui c'est l'uniformité. C'est dommage qu'on ne puisse abattre toutes les villes pour les rebâtir toutes sur le même plan, niveler toutes les montagnes pour que le terrain soit partout égal; et je m'étonne qu'on n'ait pas ordonné à tous les habitants de porter le même costume, afin que le maître ne rencontrât plus de bigarrure irrégulière et de choquante variété.

Il en résulte que les vaincus, après les calamités qu'ils ont supportées dans leurs défaites, ont à subir un nouveau genre de malheurs. Ils ont d'abord été victimes d'une chimère de gloire, ils sont victimes ensuite d'une chimère d'uniformité.

CHAPITRE XIII.

De l'Uniformité.

Il est assez remarquable que l'uniformité n'ait jamais rencontré plus de faveur que dans une révolution faite au nom des droits et de la liberté des hommes. L'esprit systématique s'est d'abord extasié sur la symétrie. L'amour du pouvoir a bientôt découvert quel avantage immense cette symétrie lui procurait. Tandis que le patriotisme n'existe que par un vif attachement aux intérêts, aux moeurs, aux coutumes de localité, nos soidisant patriotes ont déclaré la guerre à toutes ces choses. Ils ont tari cette source naturelle du patriotisme, et l'ont voulu remplacer par une passion factice envers un être abstrait, une idée générale, dépouillée de tout ce qui frappe l'imagination et de tout ce qui parle à la mémoire. Pour bâtir l'édifice, ils commençaient par broyer et réduire en poudre les matériaux qu'ils devaient employer. Peu s'en est fallu qu'ils ne désignassent par des chiffres les cités et les provinces, comme ils désignaient par des chiffres les légions et les corps d'armée, tant ils semblaient craindre qu'une idée morale ne pût se rattacher à ce qu'ils instituaient!

Le despotisme, qui a remplacé la démagogie, et qui s'est constitué légataire du fruit de tous ses travaux, a persisté trèshabilement dans la route tracée. Les deux extrêmes se sont trouvés d'accord sur ce point, parce qu'au fond, dans les deux extrêmes, il y avait volonté de tyrannie. Les intérêts et les souvenirs qui naissent des habitudes locales contiennent un germe de résistance que l'autorité ne souffre qu'à regret, et qu'elle s'empresse de déraciner. Elle a meilleur marché des individus; elle roule sur eux sans efforts son poids énorme comme sur du sable.

Aujourd'hui l'admiration pour l'uniformité, admiration réelle dans quelques esprits bornés, affectée par beaucoup d'esprits serviles, est reçue comme un dogme religieux par une foule d'échos assidus de toute opinion favorisée.

Appliqué à toutes les parties d'un empire, ce principe doit l'être à tous les pays que cet empire peut conquérir. Il est donc actuellement la suite immédiate et inséparable de l'esprit de conquête.

Mais chaque génération, dit l'un des étrangers qui a le mieux prévu nos erreurs dès l'origine, chaque génération hérite de ses dieux un trésor de richesses morales, trésor invisible et précieux qu'elle lègue à ses descendants[8]. La perte de ce trésor est pour un peuple un mal incalculable. En l'en dépouillant, vous lui ôtez tout sentiment de sa valeur et de sa dignité propre. Lors même que ce que vous y substituez vaudrait mieux, comme ce dont vous le privez lui était respectable, et que vous lui imposez votre amélioration par la force, le résultat de votre opération est simplement de lui faire commettre un acte de lâcheté qui l'avilit et le démoralise.

La bonté des lois est, osons le dire, une chose beaucoup moins importante que l'esprit avec lequel une nation se soumet à ces lois et leur obéit. Si elle les chérit, si elle les observe parce qu'elles lui paraissent émanées d'une source sainte, le don des générations dont elle révère les mânes, elles se rattachent intimement à sa moralité, elles ennoblissent son caractère; et lors même qu'elles sont fautives, elles produisent plus de vertus, et par là plus de bonheur, que des lois meilleures qui ne seraient appuyées que sur l'ordre de l'autorité.

J'ai pour le passé, je l'avoue, beaucoup de vénération; et chaque jour, à mesure que l'expérience m'instruit ou que la réflexion m'éclaire, cette vénération augmente. Je le dirai, au grand scandale de nos modernes réformateurs, qu'ils s'intitulent Lycurgues ou Charlemagnes: si je voyais un peuple auquel on aurait offert les institutions les plus parfaites, métaphysiquement parlant, et qui les refuserait pour rester fidèle à celles de ses pères, j'estimerais ce peuple, et je le croirais plus heureux par son sentiment et par son âme sous ses institutions défectueuses, qu'il ne pourrait l'être par tous les perfectionnements proposés.

Cette doctrine, je le conçois, n'est pas de nature à prendre faveur. On aime à faire des lois, on les croit excellentes; on s'enorgueillit de leur mérite. Le passé se fait tout seul; personne n'en peut réclamer la gloire[9].

Indépendamment de ces considérations, et en séparant le bonheur d'avec la morale, remarquez que l'homme se plie aux institutions qu'il trouve établies, comme à des règles de la nature physique. Il arrange, d'après les défauts mêmes de ces institutions, ses intérêts, ses spéculations, tout son plan de vie. Ces défauts s'adoucissent, parce que toutes les fois qu'une institution dure longtemps, il y a transaction entre elle et les intérêts de l'homme. Ses relations, ses espérances se groupent autour de ce qui existe. Changer tout cela, même pour le mieux, c'est lui faire mal.

Rien de plus absurde que de violenter les habitudes, sous prétexte de servir les intérêts. Le premier des intérêts c'est d'être heureux, et les habitudes forment une partie essentielle du bonheur.

Il est évident que des peuples placés dans des situations, élevés dans des coutumes, habitant des lieux dissemblables, ne peuvent être ramenés à des formes, à des usages, à des pratiques, à des lois absolument pareilles, sans une contrainte qui leur coûte beaucoup plus qu'elle ne leur vaut. La série d'idées dont leur être moral s'est formé graduellement, et dès leur naissance, ne peut être modifiée par un arrangement purement nominal, purement extérieur, indépendant de leur volonté.

Même dans les États constitués depuis longtemps, et dont l'amalgame a perdu l'odieux de la violence et de la conquête, on voit le patriotisme qui naît des variétés locales, seul genre de patriotisme véritable, renaître comme de ses cendres dès que la main du pouvoir allège un instant son action. Les magistrats des plus petites communes se complaisent à les embellir. Ils en entretiennent avec soin les monuments antiques. Il y a presque dans chaque village un érudit qui aime à raconter ses rustiques annales, et qu'on écoute avec respect. Les habitants trouvent du plaisir à tout ce qui leur donne l'apparence, même trompeuse, d'être constitués en corps de nation, et réunis par des liens particuliers. On sent que, s'ils n'étaient arrêtés dans le développement de cette inclination innocente et bienfaisante, il se formerait bientôt en eux une sorte d'honneur communal, pour ainsi dire, d'honneur de ville, d'honneur de province, qui serait à la fois une jouissance et une vertu. Mais la jalousie de l'autorité les surveille, s'alarme, et brise le germe prêt à éclore.

L'attachement aux coutumes locales tient à tous les sentiments désintéressés, nobles et pieux. Quelle politique déplorable que celle qui en fait de la rébellion! Qu'arrivetil? que dans tous les États où l'on détruit ainsi toute vie partielle, un petit État se forme au centre: dans la capitale s'agglomèrent tous les intérêts; là vont s'agiter toutes les ambitions; le reste est immobile. Les individus, perdus dans un isolement contre nature, étrangers au lieu de leur naissance, sans contact avec le passé, ne vivant que dans un présent rapide, et jetés comme des atomes sur une plaine immense et nivelée, se détachent d'une patrie qu'ils n'aperçoivent nulle part, et dont l'ensemble leur devient indifférent, parce que leur affection ne peut se reposer sur aucune de ses parties.

La variété c'est de l'organisation; l'uniformité c'est du mécanisme. La variété c'est la vie; l'uniformité c'est la mort[10].

La conquête a donc de nos jours un désavantage additionnel, et qu'elle n'avait pas dans l'antiquité. Elle poursuit les vaincus dans l'intérieur de leur existence; elle les mutile, pour les réduire à une proportion uniforme. Jadis les conquérants exigeaient que les députés des nations conquises parussent à genoux en leur présence; aujourd'hui, c'est le moral de l'homme qu'on veut prosterner.

On parle sans cesse du grand empire, de la nation entière, notions abstraites qui n'ont aucune réalité. Le grand empire n'est rien, quand on le conçoit à part des provinces; la nation entière n'est rien, quand on la sépare des fractions qui la composent. C'est en défendant les droits des fractions qu'on défend les droits de la nation entière; car elle se trouve répartie dans chacune de ces fractions. Si on les dépouille successivement de ce qu'elles ont de plus cher; si chacune, isolée pour être victime, redevient, par une étrange métamorphose, portion du grand tout, pour servir de prétexte au sacrifice d'une autre portion, l'on immole à l'être abstrait les êtres réels; l'on offre au peuple en masse l'holocauste du peuple en détail.

Il ne faut pas se le déguiser, les grands États ont de grands désavantages. Les lois partent d'un lieu tellement éloigné de ceux où elles doivent s'appliquer, que des erreurs graves et fréquentes sont l'effet inévitable de cet éloignement. Le gouvernement prend l'opinion de ses alentours, ou tout au plus du lieu de sa résidence, pour celle de tout l'empire. Une circonstance locale ou momentanée devient le motif d'une loi générale. Les habitants des provinces les plus reculées sont tout à coup surpris par des innovations inattendues, des rigueurs non méritées, des règlements vexatoires, subversifs de toutes les bases de leurs calculs et de toutes les sauvegardes de leurs intérêts, parce qu'à deux cents lieues, des hommes qui leur sont entièrement étrangers ont cru pressentir quelques périls, deviner quelque agitation, ou apercevoir quelque utilité.

On ne peut s'empêcher de regretter ces temps où la terre était couverte de peuplades nombreuses et animées, où l'espèce humaine s'agitait et s'exerçait en tous sens dans une sphère proportionnée à ses forces. L'autorité n'avait pas besoin d'être dure pour être obéie; la liberté pouvait être orageuse sans être anarchique; l'éloquence dominait les esprits et remuait les âmes; la gloire était à la portée du talent, qui, dans sa lutte contre la médiocrité, n'était pas submergé par les flots d'une multitude lourde et innombrable; la morale trouvait un appui dans un public immédiat, spectateur et juge de toutes les actions dans leurs plus petits détails et leurs nuances les plus délicates.

Ces temps ne sont plus; les regrets sont inutiles. Du moins, puisqu'il faut renoncer à tous ces biens, on ne saurait trop le répéter aux maitres de la terre: qu'ils laissent subsister dans leurs vastes empires les variétés dont ils sont susceptibles, les variétés réclamées par la nature, consacrées par l'expérience. Une règle se fausse lorsqu'on l'applique à des cas trop divers; le joug devient pesant, par cela seul qu'on le maintient uniforme dans des circonstances trop différentes.

Ajoutons que, dans le système des conquêtes, cette manie d'uniformité réagit des vaincus sur les vainqueurs. Tous perdent leur caractère national, leurs couleurs primitives; l'ensemble n'est plus qu'une masse inerte qui par intervalles se réveille pour souffrir, mais qui d'ailleurs s'affaisse et s'engourdit sous le despotisme. Car l'excès du despotisme peut seul prolonger une combinaison qui tend à se dissoudre, et retenir sous une même domination des États que tout conspire à séparer. Le prompt établissement du pouvoir sans bornes, dit Montesquieu, est le remède qui, dans ces cas, peut prévenir la dissolution; nouveau malheur, ajoutetil, après celui de l'agrandissement.

Encore ce remède, plus fâcheux que le mal, n'estil point d'une efficacité durable. L'ordre naturel des choses se venge des outrages qu'on veut lui faire; et plus la compression a été violente, plus la réaction se montre terrible.

CHAPITRE XIV.

Terme inévitable des succès d'une nation conquérante.

La force nécessaire à un peuple pour tenir tous les autres dans la sujétion est, aujourd'hui plus que jamais, un privilége qui ne peut durer. La nation qui prétendrait à un pareil empire se placerait dans un poste plus périlleux que la peuplade la plus faible; elle deviendrait l'objet d'une horreur universelle. Toutes les opinions, tous les voeux, toutes les haines la menaceraient, et tôt ou tard ces haines, ces opinions et ces voeux éclateraient pour l'envelopper.

Il y aurait sans doute, dans cette fureur contre tout un peuple, quelque chose d'injuste. Un peuple tout entier n'est jamais coupable des excès que son chef lui fait commettre. C'est ce chef qui l'égare, ou, plus souvent encore, qui le domine sans l'égarer.

Mais les nations victimes de sa déplorable obéissance ne sauraient lui tenir compte des sentiments cachés que sa conduite dément. Elles reprochent aux instruments le crime de la main qui les dirige. La France entière souffrait de l'ambition de Louis XIV, et la détestait; mais l'Europe accusait la France de cette ambition, et la Suède a porté la peine du délire de Charles XII.

Lorsqu'une fois le monde aurait repris sa raison, reconquis son courage, vers quels lieux de la terre l'agresseur menacé tourneraitil les yeux pour trouver des défenseurs? À quels sentiments en appelleraitil? Quelle apologie ne serait pas décréditée d'avance, si elle sortait de la même bouche qui, durant sa prospérité coupable, aurait prodigué tant d'insultes, proféré tant de mensonges, dicté tant d'ordres de dévastation? Invoqueraitil la justice? il l'a violée. L'humanité? il l'a foulée aux pieds. La foi jurée? toutes ses entreprises ont commencé par le parjure. La sainteté des alliances? il a traité ses alliés comme ses esclaves. Quel peuple aurait pu s'allier de bonne foi, s'associer volontairement à ses rêves gigantesques? Tous auraient sans doute courbé momentanément la tête sous le joug dominateur, mais ils l'auraient considéré comme une calamité passagère. Ils auraient attendu que le torrent eût cessé de rouler ses ondes, certains qu'il se perdrait un jour dans le sable aride, et qu'on pourrait fouler à pied sec le sol sillonné par ses ravages.

Compteraitil sur les secours de ses nouveaux sujets? il les a privés de tout ce qu'ils chérissaient et respectaient; il a troublé la cendre de leurs pères et fait couler le sang de leurs fils.

Tous se coaliseraient contre lui. La paix, l'indépendance, la justice, seraient les mots du ralliement général; et par cela même qu'ils auraient été longtemps proscrits, ces mots auraient acquis une puissance presque magique. Les hommes, pour avoir été les jouets de la folie, auraient conçu l'enthousiasme du bon sens. Un cri de délivrance, un cri d'union, retentirait d'un bout du globe à l'autre. La pudeur publique se communiquerait aux plus indécis; elle entraînerait les plus timides. Nul n'oserait demeurer neutre, de peur d'être traître envers soimême.

Le conquérant verrait alors qu'il a trop présumé de la dégradation du monde. Il apprendrait que les calculs fondés sur l'immoralité et sur la bassesse, ces calculs dont il se vantait naguère comme d'une découverte sublime, sont aussi incertains qu'ils sont étroits, aussi trompeurs qu'ils sont ignobles. Il riait de la niaiserie de la vertu, de cette confiance en un désintéressement qui lui paraissait une chimère, de cet appel à une exaltation dont il ne pouvait concevoir les motifs ni la durée, et qu'il était tenté de prendre pour l'accès passager d'une maladie soudaine. Maintenant il découvre que l'égoïsme a aussi sa niaiserie; qu'il n'est pas moins ignorant sur ce qui est bon que l'honnêteté sur ce qui est mauvais; et que, pour connaître les hommes, il ne suffit pas de les mépriser. L'espèce humaine lui devient une énigme. On parle autour de lui de générosité, de sacrifices, de dévoûment. Cette langue étrangère étonne ses oreilles; il ne sait pas négocier dans cet idiome. Il demeure immobile, consterné de sa méprise, exemple mémorable du machiavélisme dupe de sa propre corruption.

Mais que ferait cependant le peuple qu'un tel maître aurait conduit à ce terme? Qui pourrait s'empêcher de plaindre ce peuple, s'il était naturellement doux, éclairé, sociable, susceptible de tous les sentiments délicats, de tous les courages héroïques, et qu'une fatalité déchaînée sur lui l'eût rejeté de la sorte loin des sentiers de la civilisation et de la morale? Qu'il sentirait profondément sa propre misère! Ses confidences intimes, ses entretiens, ses lettres, tous les épanchements qu'il croirait dérober à la surveillance, ne seraient qu'un cri de douleur.

Il interrogerait tour à tour et son chef et sa conscience.

Sa conscience lui répondrait qu'il ne suffit pas de se dire contraint pour être excusable, que ce n'est pas assez de séparer ses opinions de ses actes, de désavouer sa propre conduite, et de murmurer le blâme, en coopérant aux attentats.

Son chef accuserait probablement les chances de la guerre, la fortune inconstante, la destinée capricieuse. Beau résultat, vraiment, de tant d'angoisses, de tant de souffrances, et de vingt générations balayées par un vent funeste, et précipitées dans la tombe!

CHAPITRE XV.

Résultats du système guerrier à l'époque actuelle.

Les nations commerçantes de l'Europe moderne, industrieuses, civilisées, placées sur un sol assez étendu pour leurs besoins, ayant avec les autres peuples des relations dont l'interruption devient un désastre, n'ont rien à espérer des conquêtes. Une guerre inutile est donc aujourd'hui le plus grand attentat qu'un gouvernement puisse commettre: elle ébranle, sans compensation, toutes les garanties sociales; elle met en péril tous les genres de liberté, blesse tous les intérêts, trouble toutes les sécurités, pèse sur toutes les fortunes, combine et autorise tous les modes de tyrannie intérieure et extérieure. Elle introduit dans les formes judiciaires une rapidité destructive de leur sainteté comme de leur but; elle tend à représenter tous les hommes que les agents de l'autorité voient avec malveillance, comme des complices de l'ennemi étranger; elle déprave les générations naissantes; elle divise le peuple en deux parts, dont l'une méprise l'autre, et passe volontiers du mépris à l'injustice; elle prépare des destructions futures par des destructions passées; elle achète par les malheurs du présent les malheurs de l'avenir.

Ce sont là des vérités qui ont besoin d'être souvent répétées; car l'autorité, dans son dédain superbe, les traite comme des paradoxes, en les appelant des lieux communs.

Il y a d'ailleurs parmi nous un assez grand nombre d'écrivains, toujours au service du système dominant, vrais lansquenets, sauf la bravoure, à qui les désaveux ne coûtent rien, que les absurdités n'arrêtent pas, qui cherchent partout une force dont ils réduisent les volontés en principes, qui reproduisent toutes les doctrines les plus opposées, et qui ont un zèle d'autant plus infatigable qu'il se passe de leur conviction. Ces écrivains ont répété à satiété, quand ils en avaient reçu le signal, que la paix était le besoin du monde; mais ils disent en même temps que la gloire militaire est la première des gloires, et que c'est par l'éclat des armes que la France doit s'illustrer. J'ai peine à m'expliquer comment la gloire militaire s'acquiert autrement que par la guerre, ou comment l'éclat des armes se concilie avec cette paix dont le monde a besoin. Mais que leur importe? Leur but est de rédiger des phrases suivant la direction du jour. Du fond de leur cabinet obscur ils vantent tantôt la démagogie, tantôt le despotisme, tantôt le carnage, lançant, pour autant qu'il est en eux, tous les fléaux sur l'humanité, et prêchant le mal, faute de pouvoir le faire.

Je me suis demandé quelquefois ce que répondrait l'un de ces hommes qui veulent renouveler Cambyse, Alexandre ou Attila, si son peuple prenait la parole, et s'il lui disait: La nature vous a donné un coup d'oeil rapide, une activité infatigable, un besoin dévorant d'émotions fortes, une soif inextinguible de braver le danger pour le surmonter, et de rencontrer des obstacles pour les vaincre; mais estce à nous à payer le prix de ces facultés? n'existonsnous que pour qu'à nos dépens elles soient exercées? Ne sommesnous là que pour vous frayer de nos corps expirants une route vers la renommée? Vous avez le génie des combats: que nous fait votre génie? Vous vous ennuyez dans le désoeuvrement de la paix: que nous importe votre ennui? Le léopard aussi, si on le transportait dans nos cités populeuses, pourrait se plaindre de n'y pas trouver ces forêts épaisses, ces plaines immenses où il se délectait à poursuivre, à saisir et à dévorer sa proie, où sa vigueur se déployait dans la course rapide et dans l'élan prodigieux. Vous êtes comme lui d'un autre climat, d'une autre terre, d'une autre espèce que nous. Apprenez la civilisation, si vous voulez régner à une époque civilisée. Apprenez la paix, si vous prétendez régir des peuples pacifiques, ou cherchez ailleurs des instruments qui vous ressemblent, pour qui le repos ne soit rien, pour qui la vie n'ait de charmes que lorsqu'ils la risquent au sein de la mêlée, pour qui la société n'ait créé ni les affections douces, ni les habitudes stables, ni les arts ingénieux, ni la pensée calme et profonde, ni toutes ces jouissances nobles ou élégantes que le souvenir rend plus précieuses, et que double la sécurité. Ces choses sont l'héritage de nos pères, c'est notre patrimoine. Homme d'un autre monde, cessez d'en dépouiller celuici.

Qui pourrait ne pas applaudir à ce langage? Le traité ne tarderait pas à être conclu entre des nations qui ne voudraient qu'être libres, et celle que l'univers ne combattrait que pour la contraindre à être juste. On la verrait avec joie abjurer enfin sa longue patience, réparer ses longues erreurs, exercer pour sa réhabilitation un courage naguère trop déplorablement employé. Elle se placerait, brillante de gloire, parmi les peuples civilisés, et le système des conquêtes, ce fragment d'un état de choses qui n'existe plus, cet élément désorganisateur de tout ce qui existe, serait de nouveau banni de la terre, et flétri, par cette dernière expérience, d'une éternelle réprobation.

SECONDE PARTIE.

DE L'USURPATION.

CHAPITRE PREMIER.

But précis de la comparaison entre l'Usurpation et la Monarchie.

Mon but n'est nullement, dans cet ouvrage, de me livrer à l'examen des diverses formes de gouvernement.

Je veux opposer un gouvernement régulier à celui qui n'en est pas un, mais non comparer les gouvernements réguliers entre eux. Nous n'en sommes plus aux temps où l'on déclarait la monarchie un pouvoir contre nature; et je n'écris pas non plus dans le pays où il est ordonné de proclamer que la république est une institution antisociale.

Il y a vingt ans qu'un homme d'horrible mémoire, dont le nom ne doit plus souiller aucun écrit, puisque la mort a fait justice de sa personne, disait, en examinant la constitution anglaise: J'y vois un roi, je recule d'horreur. Il y a dix ans qu'un anonyme prononçait le même anathème contre les gouvernements républicains: tant il est vrai qu'à de certaines époques il faut parcourir tout le cercle des folies pour revenir à la raison[11].

Quant à moi, je ne me réunirai point aux détracteurs des républiques. Celles de l'antiquité, où les facultés de l'homme se développaient dans un champ si vaste, tellement fortes de leurs propres forces, avec un tel sentiment d'énergie et de dignité, remplissent toutes les âmes qui ont quelque valeur d'une émotion d'un genre profond et particulier. Les vieux éléments d'une nature antérieure, pour ainsi dire, à la nôtre, semblent se réveiller en nous à ces souvenirs. Les républiques de nos temps modernes, moins brillantes et plus paisibles, ont favorisé d'autres développements de facultés, et créé d'autres vertus. Le nom de la Suisse rappelle cinq siècles de bonheur privé et de loyauté publique. Le nom de la Hollande en retrace trois d'activité, de bon sens, de fidélité, et d'une probité scrupuleuse, jusqu'au milieu des dissensions civiles, et même sous le joug de l'étranger; et l'imperceptible Genève a fourni aux annales des sciences, de la philosophie et de la morale, une moisson plus ample que bien des empires cent fois plus vastes et plus puissants.

D'une autre part, en considérant les monarchies de nos jours, ces monarchies où maintenant les peuples et les rois sont réunis par une confiance réciproque, et ont contracté une sincère alliance, on doit se plaire à leur rendre hommage. Celuilà serait bien peu fait pour apprécier la nature humaine, qui aurait pu contempler froidement les transports de ces peuples au retour de leurs anciens chefs, et qui resterait insensible témoin de cette passion de loyauté, qui est aussi pour l'homme une noble jouissance!

Enfin, lorsqu'on réfléchit que l'Angleterre est une monarchie, et que l'on y voit tous les droits des citoyens hors d'atteinte, l'élection populaire maintenant la vie dans le corps politique, malgré quelques abus plus apparents que réels, la liberté de la presse respectée, le talent assuré de son triomphe, et dans les individus de toutes les classes cette sécurité fière et calme de l'homme environné de la loi de sa patrie, sécurité dont naguère, dans notre continent misérable, nous avions perdu jusqu'au dernier souvenir, comment ne pas rendre justice à des institutions qui garantissent un pareil bonheur? Il y a quelques mois que chacun, regardant autour de soi, se demandait dans quel asile obscur, si l'Angleterre était subjuguée, il pourrait écrire, parler, penser, respirer.

Mais l'usurpation ne présente aux peuples ni les avantages d'une monarchie, ni ceux d'une république; l'usurpation n'est point la monarchie: ce qui fait qu'on a méconnu cette vérité, c'est que, voyant dans l'une comme dans l'autre un seul homme dépositaire de la puissance, l'on n'a pas suffisamment distingué deux choses qui ne se ressemblent que sous ce rapport.

CHAPITRE II.

Différences entre l'Usurpation et la Monarchie.

L'habitude qui veille au fond de tous les coeurs
Les frappe de respect, les poursuit de terreurs,
Et sur la foule aveugle un instant égarée
Exerce une puissance invisible et sacrée,
Héritage des temps, culte du souvenir,
Qui toujours au passé ramène l'avenir.
Wallstein, act. II, sc. 4.

[Grec: Apras de trachus dstis an neon xratei.]

ESCHYLE, Prometh.

La monarchie, telle qu'elle existe dans la plupart des États européens, est une institution modifiée par le temps, adoucie par l'habitude. Elle est entourée de corps intermédiaires qui la soutiennent à la fois et la limitent, et sa transmission régulière et paisible rend la soumission plus facile et la puissance moins ombrageuse. Le monarque est en quelque sorte un être abstrait. On voit en lui non pas un individu, mais une race entière de rois, une tradition de plusieurs siècles.

L'usurpation est une force qui n'est modifiée ni adoucie par rien. Elle est nécessairement empreinte de l'individualité de l'usurpateur, et cette individualité, par l'opposition qui existe entre elle et tous les intérêts antérieurs, doit être dans un état perpétuel de défiance et d'hostilité.

La monarchie n'est point une préférence accordée à un homme aux dépens des autres; c'est une suprématie consacrée d'avance: elle décourage les ambitions, mais n'offense point les vanités. L'usurpation exige de la part de tous une abdication immédiate en faveur d'un seul; elle soulève toutes les prétentions; elle met en fermentation tous les amourspropres. Lorsque le mot de Pédarète porte sur trois cents hommes, il est moins difficile à prononcer que lorsqu'il porte sur un seul[12].

Ce n'est pas tout de se déclarer monarque héréditaire; ce qui constitue tel, ce n'est pas le trône qu'on veut transmettre, mais le troue qu'on a hérité. On n'est monarque héréditaire qu'après la seconde génération. Jusque alors l'usurpation peut bien s'intituler monarchie, mais elle conserve l'agitation des révolutions qui l'ont fondée: ces prétendues dynasties nouvelles sont aussi orageuses que les factions, ou aussi oppressives que la tyrannie. C'est l'anarchie de Pologne, ou le despotisme de Constantinople; souvent c'est tous les deux.

Un monarque, montant sur le trône que ses ancêtres ont occupé, suit une route dans laquelle il ne s'est point lancé par sa volonté propre. Il n'a point de réputation à faire: il est seul de son espèce; on ne le compare à personne. Un usurpateur est exposé à toutes les comparaisons que suggèrent les regrets, les jalousies ou les espérances; il est obligé de justifier son élévation: il a contracté l'engagement tacite d'attacher de grands résultats à une si grande fortune: il doit craindre de tromper l'attente du public, qu'il a si puissamment éveillée. L'inaction la plus raisonnable, la mieux motivée, lui devient un danger. Il faut donner aux Français tous les trois mois, disait un homme qui s'y entend bien, quelque chose de nouveau: il a tenu sa parole.

Or, c'est sans doute un avantage que d'être propre à de grandes choses, quand le bien général l'exige; mais c'est un mal que d'être condamné à de grandes choses, pour sa considération personnelle, quand le bien ne l'exige pas. L'on a beaucoup déclamé contre les rois fainéants: Dieu nous rende leur fainéantise, plutôt que l'activité d'un usurpateur!

Aux inconvénients de la position joignez les vices du caractère: car il y en a que l'usurpation implique, et il y en a aussi que l'usurpation produit.

Que de ruses, que de violences, que de parjures elle nécessite! Comme il faut invoquer des principes qu'on se prépare à fouler aux pieds, prendre des engagements que l'on veut enfreindre, se jouer de la bonne foi des uns, profiter de la faiblesse des autres, éveiller l'avidité là où elle sommeille, enhardir l'injustice là où elle se cache, la dépravation là où elle est timide, mettre, en un mot, toutes les passions coupables comme en serre chaude, pour que la maturité soit plus rapide, et que la moisson soit plus abondante!

Un monarque arrive noblement au trône; un usurpateur s'y glisse à travers la boue et le sang; et quand il y prend place, sa robe tachée porte l'empreinte de la carrière qu'il a parcourue.

Croiton que le succès viendra, de sa baguette magique, le purifier du passé? Tout au contraire, il ne serait pas corrompu d'avance, que le succès suffirait pour le corrompre.

L'éducation des princes, qui peut être défectueuse sous bien des rapports, a cet avantage qu'elle les prépare, sinon toujours à remplir dignement les fonctions du rang suprême, du moins à n'être pas éblouis de son éclat. Le fils d'un roi, parvenant au pouvoir, n'est point transporté dans une sphère nouvelle: il jouit avec calme de ce qu'il a, depuis sa naissance, considéré comme son partage. La hauteur à laquelle il est placé ne lui cause point de vertige. Mais la tête d'un usurpateur n'est jamais assez forte pour supporter cette élévation subite; sa raison ne peut résister à un tel changement de toute son existence. L'on a remarqué que les particuliers mêmes qui se trouvaient soudain investis d'une extrême richesse concevaient des désirs, des caprices et des fantaisies désordonnés. Le superflu de leur opulence les enivre, parce que l'opulence est une force, ainsi que le pouvoir. Comment n'en seraitil pas de même de celui qui s'est emparé illégalement de toutes les forces, et approprié illégalement tous les trésors? Illégalement, disje, car il y a quelque chose de miraculeux dans la conscience de la légitimité. Notre siècle, fertile en expériences de tout genre, nous en fournit une preuve remarquable. Voyez ces deux hommes, l'un que le voeu d'un peuple et l'adoption d'un roi ont appelé au trône, l'autre qui s'y est lancé, appuyé seulement sur sa volonté propre et sur l'assentiment arraché à la terreur. Le premier, confiant et tranquille, a pour allié le passé; il ne craint point la gloire de ses aïeux adoptifs, il la rehausse par sa propre gloire. Le second, inquiet et tourmenté, ne croit pas aux droits qu'il s'arroge, bien qu'il force le monde à les reconnaître. L'illégalité le poursuit comme un fantôme; il se réfugie vainement et dans le faste et dans la victoire. Le spectre l'accompagne au sein des pompes et sur les champs de bataille. Il promulgue des lois, et il les change; il établit des constitutions, et il les viole; il fonde des empires, et il les renverse; il n'est jamais content de son édifice bâti sur le sable, et dont la base se perd dans l'abîme.

Si nous parcourons tous les détails de l'administration extérieure et intérieure, partout nous verrons des différences au désavantage de l'usurpation, et à l'avantage de la monarchie.

Un roi n'a pas besoin de commander ses armées. D'autres peuvent combattre pour lui, tandis que ses vertus pacifiques le rendent cher et respectable à son peuple. L'usurpateur doit être toujours à la tête de ses prétoriens; il en serait le mépris, s'il n'en était l'idole.

Ceux qui corrompirent les républiques grecques, dit Montesquieu, ne devinrent pas toujours tyrans. C'est qu'ils s'étaient plus attachés à l'éloquence qu'à l'art militaire[13]. Mais, dans nos associations nombreuses, l'éloquence est impuissante; l'usurpation n'a d'autre appui que la force armée: pour la fonder, cette force est nécessaire; elle l'est encore pour la conserver.

De là, sous un usurpateur, des guerres sans cesse renouvelées: ce sont des prétextes pour s'entourer de gardes; ce sont des occasions pour façonner ces gardes à l'obéissance; ce sont des moyens d'éblouir les esprits, et de suppléer, par le prestige de la conquête, au prestige de l'antiquité. L'usurpation nous ramène au système guerrier; elle entraîne donc tous les inconvénients que nous avons rencontrés dans ce système.

La gloire d'un monarque légitime s'accroît des gloires environnantes; il gagne à la considération dont il entoure ses ministres; il n'a nulle concurrence à redouter. L'usurpateur, pareil naguère, ou même inférieur à ses instruments, est obligé de les avilir pour qu'ils ne deviennent pas rivaux; il les froisse pour les employer. Aussi, regardezy de près, toutes les âmes fières s'éloignent; et quand les âmes fières s'éloignent, que restetil? Des hommes qui savent ramper, mais ne sauraient défendre; des hommes qui insulteraient les premiers, après sa chute, le maître qu'ils auraient flatté.

Ceci fait que l'usurpation est plus dispendieuse que la monarchie. Il faut d'abord payer les agents pour qu'ils se laissent dégrader; il faut ensuite payer encore ces agents dégradés pour qu'ils se rendent utiles. L'argent doit faire le service et de l'opinion et de l'honneur. Mais ces agents, tout corrompus et tout zélés qu'ils sont, n'ont pas l'habitude du gouvernement. Ni eux, ni leur maître, nouveau comme eux, ne savent tourner les obstacles. À chaque difficulté qu'ils rencontrent, la violence leur est si commode, qu'elle leur paraît toujours nécessaire; ils seraient tyrans par ignorance, s'ils ne l'étaient par intention. Vous voyez les mêmes institutions subsister dans la monarchie durant des siècles. Vous ne voyez pas un usurpateur qui n'ait vingt fois révoqué ses propres lois, et suspendu les formes qu'il venait d'instituer, comme un ouvrier novice et impatient brise ses outils.

Un monarque héréditaire peut exister à côté, ou, pour mieux dire, à la tête d'une noblesse antique et brillante; il est, comme elle, riche de souvenirs. Mais là où le monarque voit des soutiens, l'usurpateur voit des ennemis. Toute noblesse dont l'existence a précédé la sienne doit lui faire ombrage. Il faut que, pour appuyer sa nouvelle dynastie, il crée une nouvelle noblesse[14].

Il y a confusion d'idées dans ceux qui parlent des avantages d'une hérédité déjà reconnue pour en conclure la possibilité de créer l'hérédité. La noblesse engage envers un homme et ses descendants le respect des générations nonseulement futures, mais contemporaines. Or ce dernier point est le plus difficile. On peut bien admettre un traité pareil, lorsqu'en naissant on le trouve sanctionné; mais assister au contrat, et s'y résigner, est impossible, si l'on n'est la partie avantagée.

L'hérédité s'introduit dans des siècles de simplicité ou de conquête; mais on ne l'institue pas au milieu de la civilisation. Elle peut alors se conserver, mais non s'établir. Toutes les institutions qui tiennent du prestige ne sont jamais l'effet de la volonté, elles sont l'ouvrage des circonstances. Tous les terrains sont propres aux alignements géométriques; la nature seule produit les sites et les effets pittoresques. Une hérédité qu'on voudrait édifier sans qu'elle reposât sur aucune tradition respectable et presque mystérieuse, ne dominerait point l'imagination. Les passions ne seraient pas désarmées; elles s'irriteraient au contraire davantage contre une inégalité subitement érigée en leur présence et à leurs dépens. Lorsque Cromwell voulut instituer une chambre haute, il y eut révolte générale dans l'opinion d'Angleterre. Les anciens pairs refusèrent d'en faire partie, et la nation refusa de son côté de reconnaître comme pairs ceux qui se rendirent à l'invitation[15].

On crée néanmoins de nouveaux nobles, objecteraton. C'est que l'illustration de l'ordre entier rejaillit sur eux. Mais si vous créez à la fois le corps et les membres, où sera la source de l'illustration?

Des raisonnements du même genre se reproduisent relativement à ces assemblées qui, dans quelques monarchies, défendent ou représentent le peuple. Le roi d'Angleterre est vénérable au milieu de son parlement; mais c'est qu'il n'est pas, nous le répétons, un simple individu; il représente aussi la longue suite des rois qui l'ont précédé; il n'est pas éclipsé par les mandataires de la nation: mais un seul homme, sorti de la foule, est d'une stature diminutive, et, pour soutenir le parallèle, il faut que cette stature devienne terrible. Les représentants d'un peuple, sous un usurpateur, doivent être ses esclaves pour n'être pas ses maîtres. Or, de tous les fléaux politiques, le plus effroyable est une assemblée qui n'est que l'instrument d'un seul homme. Nul n'oserait vouloir en son nom ce qu'il ordonne à ses agents de vouloir, lorsqu'ils se disent les interprètes libres du voeu national. Songez au sénat de Tibère, songez au parlement d'Henri VIII.

Ce que j'ai dit de la noblesse s'applique également à la propriété. Les anciens propriétaires sont les appuis naturels d'un monarque légitime; ils sont les ennemisnés d'un usurpateur. Or je pense qu'il est reconnu que, pour qu'un gouvernement soit paisible, la puissance et la propriété doivent être d'accord. Si vous les séparez, il y aura lutte; et à la fin de cette lutte, ou la propriété sera envahie, ou le gouvernement sera renversé.

Il paraît plus facile, à la vérité, de créer de nouveaux propriétaires que de nouveaux nobles; mais il s'en faut qu'enrichir des hommes devenus puissants soit la même chose qu'investir, du pouvoir des hommes qui étaient nés riches. La richesse n'a point un effet rétroactif. Conférée tout à coup à quelques individus, elle ne leur donne ni cette sécurité sur leur situation, ni cette absence d'intérêts étroits, ni cette éducation soignée, qui forment ses principaux avantages. On ne prend pas l'esprit propriétaire aussi lestement qu'on prend la propriété. À Dieu ne plaise que je veuille insinuer ici que la richesse doit constituer un privilège! Toutes les facultés naturelles, comme tous les avantages sociaux, doivent trouver leur place dans l'organisation politique, et le talent n'est certes pas un moindre trésor que l'opulence. Mais, dans une société bien organisée, le talent conduit à la propriété. Le corps des anciens propriétaires se recrute ainsi de nouveaux membres, et c'est la seule manière dont un changement progressif, imperceptible et toujours partiel, doive s'opérer. L'acquisition lente et graduelle d'une propriété légitime est autre chose que la conquête violente d'une propriété qu'on enlève. L'homme qui s'enrichit par son industrie ou ses facultés apprend à mériter ce qu'il acquiert; celui qu'enrichit la spoliation ne devient que plus indigne de ce qu'il ravit.

Plus d'une fois, durant nos troubles, nos maîtres d'un jour, qui nous entendaient regretter le gouvernement des propriétaires, ont eu la tentation de devenir propriétaires, pour se rendre plus dignes de gouverner; mais quand ils se seraient investis en quelques heures de propriétés considérables par une volonté qu'ils auraient appelée loi, le peuple et euxmêmes auraient pensé que ce que la loi avait conféré, la loi pouvait le reprendre; et la propriété, au lieu de protéger l'institution, aurait eu continuellement besoin d'être protégée par elle. En richesse comme en autre chose, rien ne supplée au temps.

D'ailleurs, pour enrichir les uns, il faut appauvrir les autres; pour créer de nouveaux propriétaires, il faut dépouiller les anciens. L'usurpation générale doit s'entourer d'usurpations partielles, comme d'ouvrages avancés qui la défendent. Pour un intérêt qu'elle se concilie, dix s'arment contre elle.

Ainsi donc, malgré la ressemblance trompeuse qui paraît exister entre l'usurpation et la monarchie, considérées toutes deux comme le pouvoir remis à un seul homme, rien n'est plus différent. Tout ce qui fortifie la seconde menace la première; tout ce qui est dans la monarchie une cause d'union, d'harmonie et de repos, est dans l'usurpation une cause de résistance, de haines et de secousses.

Ces raisonnements ne militent pas avec moins de force pour les républiques, quand elles ont existé longtemps. Alors elles acquièrent, comme les monarchies, un héritage de traditions, d'usages et d'habitudes. L'usurpation seule, nue et dépouillée de toutes ces choses, erre au hasard, le glaive en main, cherchant de tous côtés, pour couvrir sa honte, des lambeaux qu'elle déchire et qu'elle ensanglante en les arrachant.

CHAPITRE III.

D'un rapport sous lequel l'Usurpation est plus fâcheuse que le
Despotisme le plus absolu.

Je ne suis point assurément le partisan du despotisme; mais, s'il fallait choisir entre l'usurpation et un despotisme consolidé, je ne sais si ce dernier ne me semblerait pas préférable.

Le despotisme bannit toutes les formes de la liberté: l'usurpation, pour motiver le renversement de ce qu'elle remplace, a besoin de ces formes; mais, en s'en emparant, elle les profane. L'existence de l'esprit public lui étant dangereuse, et l'apparence de l'esprit public lui étant nécessaire, elle frappe d'une main le peuple pour étouffer l'opinion réelle, et elle le frappe encore de l'autre pour le contraindre au simulacre de l'opinion supposée.

Quand le Grand Seigneur envoie le cordon à l'un des ministres disgraciés, les bourreaux sont muets comme la victime; quand un usurpateur proscrit l'innocence, il ordonne la calomnie, pour que, répétée, elle paraisse un jugement national. Le despote interdit la discussion, et n'exige que l'obéissance; l'usurpateur prescrit un examen dérisoire, comme préface de l'approbation.

Cette contrefaction de la liberté réunit tous les maux de l'anarchie et tous ceux de l'esclavage; il n'y a point de terme à la tyrannie qui veut arracher les symptômes du consentement. Les hommes paisibles sont persécutés comme indifférents, les hommes énergiques comme dangereux; la servitude est sans repos, l'agitation sans jouissance: cette agitation ne ressemble à la vie morale que comme ressemblent à la vie physique ces convulsions hideuses qu'un art plus effrayant qu'utile imprime aux cadavres sans les ranimer.

C'est l'usurpation qui a inventé ces prétendues sanctions, ces adresses, ces félicitations monotones, tribut habituel qu'à toutes les époques les mêmes hommes prodiguent, presque dans les mêmes mots, aux mesures les plus opposées: la peur y vient singer tous les dehors du courage, pour se féliciter de la honte et pour remercier du malheur. Singulier genre d'artifice dont nul n'est la dupe! comédie convenue qui n'en impose à personne, et qui depuis longtemps aurait dû succomber sous les traits du ridicule! Mais le ridicule attaque tout et ne détruit rien. Chacun pense avoir reconquis par la moquerie l'honneur de l'indépendance, et, content d'avoir désavoué ses actions par ses paroles, se trouve à l'aise pour démentir ses paroles par ses actions.

Qui ne sent que plus un gouvernement est oppressif, plus les citoyens épouvantés s'empresseront de lui faire hommage de leur enthousiasme de commande? Ne voyezvous pas, à côté des registres que chacun signe d'une main tremblante, ces délateurs et ces soldats? Ne lisezvous pas ces proclamations déclarant factieux ou rebelles ceux dont le suffrage serait négatif? Qu'estce qu'interroger un peuple au milieu des cachots et sous l'empire de l'arbitraire, sinon demander aux adversaires de la puissance une liste pour les reconnaître et pour les frapper à loisir?

L'usurpateur cependant enregistre ces acclamations et ces harangues; l'avenir le jugera sur ces monuments érigés par lui. Où le peuple fut tellement vil, diraton, le gouvernement dut être tyrannique. Rome ne se prosternait pas devant MarcAurèle, mais devant Tibère et Caracalla.

Le despotisme étouffe la liberté de la presse, l'usurpation la parodie. Or, quand la liberté de la presse est tout à fait comprimée, l'opinion sommeille, mais rien ne l'égare; quand, au contraire, des écrivains soudoyés s'en saisissent, ils discutent, comme s'il était question de convaincre; ils s'emportent, comme s'il y avait de l'opposition; ils insultent, comme si l'on possédait la faculté de répondre; leurs diffamations absurdes précèdent des condamnations barbares; leurs plaisanteries féroces préludent à d'illégales condamnations; leurs démonstrations nous feraient croire que leurs victimes résistent, comme en voyant de loin les danses frénétiques des sauvages autour des captifs qu'ils tourmentent, on dirait qu'ils combattent les malheureux qu'ils vont dévorer.

Le despotisme, en un mot, règne par le silence, et laisse à l'homme le droit de se taire; l'usurpation le condamne à parler, elle le poursuit dans le sanctuaire intime de sa pensée, et, le forçant à mentir à sa conscience, elle lui ravit la dernière consolation qui reste encore à l'opprimé.

Quand un peuple n'est qu'esclave, sans être avili, il y a pour lui possibilité d'un meilleur état de choses; si quelque circonstance heureuse le lui présente, il s'en montre digne: le despotisme laisse cette chance à l'espèce humaine. Le joug de Philippe II et les échafauds du duc d'Albe ne dégradèrent point les généreux Hollandais; mais l'usurpation avilit un peuple en même temps qu'elle l'opprime; elle l'accoutume à fouler aux pieds ce qu'il respectait, à courtiser ce qu'il méprise, à se mépriser luimême, et, pour peu qu'elle se prolonge, elle rend, même après sa chute, toute liberté, toute amélioration impossible: on renverse Commode; mais les prétoriens mettent l'empire à l'enchère, et le peuple obéit à l'acheteur.

En pensant aux usurpateurs fameux que l'on nous vante de siècle en siècle, une seule chose me semble admirable, c'est l'admiration qu'on a pour eux. César, et cet Octave qu'on appelle Auguste, sont des modèles en ce genre: ils commencèrent par la proscription de tout ce qu'il y avait d'éminent à Rome; ils poursuivirent par la dégradation de tout ce qui restait de noble; ils finirent par léguer au monde Vitellius, Domitien, Héliogabale, et enfin les Vandales et les Goths.

CHAPITRE IV.

Que l'Usurpation ne peut subsister à notre époque de la civilisation.

Après ce tableau de l'usurpation, il sera consolant de démontrer qu'elle est aujourd'hui un anachronisme non moins grossier que le système des conquêtes.

Les républiques subsistent de par le sentiment profond que chaque citoyen a de ses droits, de par le bonheur, la raison, le calme et l'énergie que la jouissance de la liberté procure à l'homme; les monarchies, de par le temps, de par les habitudes, de par la sainteté des générations passées. L'usurpation ne peut s'établir que par la suprématie individuelle de l'usurpateur.

Or il y a des époques, dans l'histoire de l'espèce humaine, où la suprématie nécessaire pour que l'usurpation soit possible ne saurait exister. Tel fut le période qui s'écoula en Grèce, depuis l'expulsion des Pisistratides jusqu'au règne de Philippe de Macédoine; tels furent aussi les cinq premiers siècles de Rome, depuis la chute des Tarquins jusqu'aux guerres civiles.

En Grèce, des individus se distinguent, s'élèvent, dirigent le peuple: leur empire est celui du talent; empire brillant, mais passager, qu'on leur dispute et qu'on leur enlève. Périclès voit plus d'une fois sa domination prête à lui échapper, et ne doit qu'à la contagion qui le frappe de mourir au sein du pouvoir. Miltiade, Aristide, Thémistocle, Alcibiade, saisissent la puissance et la reperdent presque sans secousses.

À Rome, l'absence de toute suprématie individuelle se fait encore bien plus remarquer. Pendant cinq siècles on ne peut sortir de la foule immense des grands hommes de la république le nom d'un seul qui l'ait gouvernée d'une manière durable.

À d'autres époques, au contraire, il semble que le gouvernement des peuples appartienne au premier individu qui se présente. Dix ambitieux, pleins de talents et d'audace, avaient en vain tenté d'asservir la république romaine. Il avait fallu vingt ans de dangers, de travaux et de triomphes à César pour arriver aux marches du trône, et il était mort assassiné avant d'y monter. Claude se cache derrière une tapisserie, des soldats l'y découvrent: il est empereur, il règne quatorze ans.

Cette différence ne tient pas uniquement à la lassitude qui s'empare des hommes après des agitations prolongées, elle tient aussi à la marche de la civilisation.

Lorsque l'espèce humaine est encore dans un profond degré d'ignorance et d'abaissement, presque totalement dépourvue de facultés morales, et presque aussi dénuée de connaissances, et par conséquent de moyens physiques, les nations suivent, comme des troupeaux, nonseulement celui d'une qualité brillante distingue, mais celui qu'un hasard quelconque jette en avant de la foule. À mesure que les lumières font des progrès, la raison révoque en doute la légitimité du hasard, et la réflexion qui compare aperçoit entre les individus une égalité opposée à toute suprématie exclusive.

C'est ce qui faisait dire à Aristote qu'il n'y avait guère de son temps de véritable royauté. «Le mérite, continuaitil, trouve aujourd'hui des pairs, et nul n'a de vertus si supérieures au reste des hommes, qu'il puisse réclamer pour lui seul la prérogative de commander[16].» Ce passage est d'autant plus remarquable, que le philosophe de Stagyre l'écrivait sous Alexandre.

Il fallut peutêtre moins de peine et de génie à Cyrus pour asservir les
Perses barbares, qu'au plus petit tyran d'Italie, dans le seizième
siècle, pour conserver le pouvoir qu'il usurpait. Les conseils mêmes de
Machiavel prouvent la difficulté croissante.
Ce n'est pas précisément l'étendue, mais l'égale répartition des lumières, qui met obstacle à la suprématie des individus; et ceci ne contredit en rien ce que nous avons affirmé précédemment, que chaque siècle attendait un homme qui lui servît de représentant. Ce n'est pas dire que chaque siècle le trouve. Plus la civilisation est avancée, plus elle est difficile à représenter.

La situation de la France et de l'Europe, il y a vingt ans, se rapprochait, sous ce rapport, de celle de la Grèce et de Rome aux époques indiquées. Il existait une telle multitude d'hommes également éclairés, que nul individu ne pouvait tirer de sa supériorité personnelle le droit exclusif de gouverner. Aussi nul, durant les dix premières années de nos troubles, n'a pu se marquer une place à part.

Malheureusement, à chaque époque pareille, un danger menace l'espèce humaine. Comme, lorsqu'on verse des flots d'une liqueur froide dans une liqueur bouillante, la chaleur de celleci se trouve affaiblie; de même, lorsqu'une nation civilisée est envahie par des barbares, ou qu'une masse ignorante pénètre dans son sein et s'empare de ses destinées, sa marche est arrêtée, et elle fait des pas rétrogrades.

Pour la Grèce, l'introduction de l'influence macédonienne; pour Rome, l'agrégation successive des peuples conquis; enfin, pour tout l'empire romain, l'irruption des hordes du Nord, furent des événements de ce genre. La suprématie des individus, et par conséquent l'usurpation, redevinrent possibles. Ce furent presque toujours des légions barbares qui créèrent des empereurs.

En France, les troubles de la révolution ayant introduit dans le gouvernement une classe sans lumières et découragé la classe éclairée, cette nouvelle irruption de barbares a produit le même effet, mais dans un degré bien moins durable, parce que la disproportion était moins sensible. L'homme qui a voulu usurper parmi nous a été forcé de quitter pour un temps les routes civilisées; il est remonté vers des nations plus ignorantes, comme vers un autre siècle; c'est là qu'il a jeté les fondements de sa prééminence: ne pouvant faire arriver au sein de l'Europe l'ignorance et la barbarie, il a conduit des Européens en Afrique, pour voir s'il réussirait à les façonner à la barbarie et à l'ignorance; et ensuite, pour maintenir son autorité, il a travaillé à faire reculer l'Europe.

Les peuples se sacrifiaient jadis pour les individus, et s'en faisaient gloire; de nos jours, les individus sont forcés à feindre qu'ils n'agissent que pour l'avantage et le bien des peuples. On les entend quelquefois essayer de parler d'euxmêmes, des devoirs du monde envers leurs personnes, et ressusciter un style tombé en désuétude depuis Cambyse et Xerxès. Mais nul ne leur répond dans ce sens, et, désavoués qu'ils sont par le silence de leurs flatteurs mêmes, ils se replient, malgré qu'ils en aient, sur une hypocrisie qui est un hommage à l'égalité.

Si l'on pouvait parcourir attentivement les rangs obscurs d'un peuple soumis en apparence à l'usurpateur qui l'opprime, on le verrait, comme par un instinct confus, fixer les yeux d'avance sur l'instant où cet usurpateur tombera. Son enthousiasme contient un mélange bizarre et d'analyse et de moquerie. Il semble, peu confiant en sa conviction propre, travailler à la fois à s'étourdir par ses acclamations et à se dédommager par ses railleries, et pressentir luimême l'instant où le prestige sera passé.

Voulezvous voir à quel point les faits démontrent la double impossibilité des conquêtes et de l'usurpation à l'époque actuelle? Réfléchissez aux événements qui se sont accumulés sous nos yeux durant les six mois qui viennent de s'écouler. La conquête avait établi l'usurpation dans une grande partie de l'Europe; et cette usurpation sanctionnée, reconnue pour légitime par ceux mêmes qui avaient intérêt à ne jamais la reconnaître, avait revêtu toutes les formes pour se consolider. Elle avait tantôt menacé, tantôt flatté les peuples; elle était parvenue à rassembler des forces immenses pour inspirer la crainte, des sophismes pour éblouir les esprits, des traités pour rassurer les consciences; elle avait gagné quelques années qui commençaient à voiler son origine. Les gouvernements, soit républicains, soit monarchiques, qu'elle avait détruits, étaient sans espoir apparent, sans ressources visibles; ils survivaient néanmoins dans le coeur des peuples. Vingt batailles perdues n'avaient pu les en déraciner: une seule bataille a été gagnée, et l'usurpation s'est vue de toutes parts mise en fuite; et, dans plusieurs des pays où elle dominait sans opposition, le voyageur aurait peine aujourd'hui à en découvrir la trace.

CHAPITRE V.

L'Usurpation ne peutelle se maintenir par la force?

Mais l'usurpation ne sauraitelle se perpétuer par la force? N'atelle pas à son service, comme tout gouvernement, des geôliers, des chaînes et des soldats? Que fautil de plus pour garantir sa durée?

Ce raisonnement, depuis que l'usurpation, assise sur un trône, tient de l'or d'une main et une hache de l'autre, a été reproduit sous des formes merveilleusement variées. L'expérience ellemême semble déposer en sa faveur; j'ose pourtant révoquer cette expérience en doute.

Ces soldats, ces geôliers et ces chaînes, qui sont des moyens extrêmes dans les gouvernements réguliers, doivent être les ressources habituelles de l'usurpation, vu les obstacles qu'elle rencontre de toutes parts. Le despotisme, dont ces gouvernements ne font sentir à leurs sujets la pratique que par intervalles et dans les temps de crise, est, pour l'usurpation, un état constant et une pratique journalière.

Or la théorie du despotisme se laisse défendre spéculativement par des écrivains ou des orateurs, parce que la parole prête à toutes les erreurs sa docile assistance; mais la pratique prolongée du despotisme est impossible aujourd'hui. Le despotisme est un troisième anachronisme, comme la conquête et l'usurpation.

Donnons quelques développements à cette assertion; disons d'abord pourquoi l'on a pu croire que notre génération était disposée à se résigner au despotisme. C'est parce qu'on lui a offert avec ignorance, obstination et rudesse, des formes de liberté dont elle n'était plus susceptible, et qu'ensuite, sous le nom de liberté, on lui a présenté une tyrannie plus effroyable qu'aucune de celles dont l'histoire nous a transmis la mémoire. Il n'est pas étonnant que cette génération ait conçu de la liberté une terreur aveugle qui l'a précipitée dans la plus abjecte servitude.

Heureusement le despotisme, et grâces lui en soient rendues, a fait de son mieux pour nous guérir de cette honteuse erreur. Il a prouvé que, sous ses couleurs véritables, sans déguisements et sans palliatifs, il causait autant de maux, pour le moins, que ce qu'on avait si absurdement désigné comme liberté. Le moment est donc arrivé où quelques idées raisonnables sur cette matière peuvent trouver accès.

CHAPITRE VI.

De l'espèce de liberté qu'on a présentée aux hommes à la fin du siècle dernier.

La liberté qu'on a présentée aux hommes à la fin du siècle dernier était empruntée des républiques anciennes. Or plusieurs des circonstances que nous avons exposées dans la première partie de cet ouvrage, comme étant la cause de la disposition belliqueuse des anciens, concouraient aussi à les rendre capables d'un genre de liberté dont nous ne sommes plus susceptibles.

Cette liberté se composait plutôt de la participation active au pouvoir collectif, que de la jouissance paisible de l'indépendance individuelle; et même, pour assurer cette participation, il était nécessaire que les citoyens sacrifiassent en grande partie cette jouissance; mais ce sacrifice est absurde à demander, impossible à obtenir à l'époque à laquelle les peuples sont arrivés.

Dans les républiques de l'antiquité, la petitesse du territoire faisait que chaque citoyen avait politiquement une grande importance personnelle. L'exercice des droits de cité constituait l'occupation, et pour ainsi dire l'amusement de tous. Le peuple entier concourait à la confection des lois, prononçait les jugements, décidait de la guerre et de la paix. La part que l'individu prenait à la souveraineté nationale n'était point, comme à présent, une supposition abstraite; la volonté de chacun avait une influence réelle; l'exercice de cette volonté était un plaisir vif et répété; il en résultait que les anciens étaient disposés, pour la conservation de leur importance politique et de leur part dans l'administration de l'Etat, à renoncer à leur indépendance privée.

Ce renoncement était nécessaire; car, pour faire jouir un peuple de la plus grande étendue de droits politiques, c'estàdire pour que chaque citoyen ait sa part de la souveraineté, il faut des institutions qui maintiennent l'égalité, qui empêchent l'accroissement des fortunes, proscrivent les distinctions, s'opposent à l'influence des richesses, des talents, des vertus même[17]. Or toutes ces institutions limitent la liberté et compromettent la sûreté individuelle.

Aussi ce que nous nommons liberté civile était connu chez la plupart des peuples anciens[18]. Toutes les républiques grecques, si nous en exceptons Athènes[19], soumettaient les individus à une juridiction sociale presque illimitée. Le même assujettissement individuel caractérisait les beaux siècles de Rome; le citoyen s'était constitué en quelque sorte l'esclave de la nation dont il faisait partie; il s'abandonnait en entier aux décisions du souverain, du législateur; il lui reconnaissait le droit de surveiller toutes ses actions et de contraindre sa volonté: mais c'est qu'il était luimême à son tour ce législateur et ce souverain; il sentait avec orgueil tout ce que valait son suffrage dans une nation assez peu nombreuse pour que chaque citoyen fût une puissance, et cette conscience de sa propre valeur était pour lui un ample dédommagement.

Il en est tout autrement dans les États modernes: leur étendue, beaucoup plus vaste que celle des anciennes républiques, fait que la masse de leurs habitants, quelque forme de gouvernement qu'ils adoptent, n'ont point de part active à ce gouvernement. Ils ne sont appelés tout au plus à l'exercice de la souveraineté que par la représentation, c'estàdire d'une manière fictive.

L'avantage que procurait au peuple la liberté, comme les anciens la concevaient, c'était d'être de fait au nombre des gouvernants; avantage réel, plaisir à la fois flatteur et solide. L'avantage que procure au peuple la liberté chez les modernes, c'est d'être représenté, et de concourir à cette représentation par son choix. C'est un avantage sans doute, puisque c'est une garantie; mais le plaisir immédiat est moins vif: il ne se compose d'aucune des jouissances du pouvoir; c'est un plaisir de réflexion; celui des anciens était un plaisir d'action. Il est clair que le premier est moins attrayant; on ne saurait exiger des hommes autant de sacrifices pour l'obtenir et le conserver.

En même temps, ces sacrifices seraient beaucoup plus pénibles: les progrès de la civilisation, la tendance commerciale de l'époque, la communication des peuples entre eux, ont multiplié et varié à l'infini les moyens de bonheur particulier. Les hommes n'ont besoin, pour être heureux, que d'être laissés dans une indépendance parfaite sur tout ce qui a rapport à leurs occupations, à leurs entreprises, à leur sphère d'activité, à leurs fantaisies.

Les anciens trouvaient plus de jouissances dans leur existence publique, et ils en trouvaient moins dans leur existence privée: en conséquence, lorsqu'ils sacrifiaient la liberté individuelle à la liberté politique, ils sacrifiaient moins pour avoir plus. Presque toutes les jouissances des modernes sont dans leur existence privée: l'immense majorité, toujours exclue du pouvoir, n'attache nécessairement qu'un intérêt trèspassager à son existence publique. En imitant les anciens, les modernes sacrifieraient donc plus pour obtenir moins.

Les ramifications sociales sont plus compliquées, plus étendues qu'autrefois; les classes mêmes qui paraissent ennemies sont liées entre elles par des liens imperceptibles, mais indissolubles. La propriété s'est identifiée plus intimement à l'existence de l'homme; toutes les secousses qu'on lui fait éprouver sont plus douloureuses.

Nous avons perdu en imagination ce que nous avons gagné en connaissances; nous sommes par là même incapables d'une exaltation durable: les anciens étaient dans toute la jeunesse de la vie morale; nous sommes dans la maturité, peutêtre dans la vieillesse; nous traînons toujours après nous je ne sais quelle arrièrepensée qui naît de l'expérience, et qui défait l'enthousiasme. La première condition pour l'enthousiasme, c'est de ne pas s'observer soimême avec finesse: or nous craignons tellement d'être dupes, et surtout de le paraître, que nous nous observons sans cesse dans nos impressions les plus violentes. Les anciens avaient sur toutes choses une conviction entière; nous n'avons presque sur rien qu'une conviction molle et flottante, sur l'incomplet de laquelle nous cherchons en vain à nous étourdir.

Le mot illusion ne se trouve dans aucune langue ancienne, parce que le mot ne se crée que lorsque la chose n'existe plus.

Les législateurs doivent renoncer à tout bouleversement d'habitudes, à toute tentative[20], pour agir fortement sur l'opinion. Plus de Lycurgues, plus de Numas.

Il serait plus possible aujourd'hui de faire d'un peuple d'esclaves un peuple de Spartiates, que de former des Spartiates par la liberté. Autrefois, là où il y avait liberté, on pouvait supporter les privations; maintenant, partout où il y a privation, il faut l'esclavage pour qu'on s'y résigne.

Le peuple le plus attaché à sa liberté, dans les temps modernes, est aussi le peuple le plus attaché à ses jouissances; et il tient à sa liberté surtout, parce qu'il est assez éclairé pour y apercevoir la garantie de ses jouissances.

CHAPITRE VII.

Des imitateurs modernes des républiques de l'antiquité.

Ces vérités furent complétement méconnues par les hommes qui, vers la fin du dernier siècle, se crurent chargés de régénérer l'espèce humaine. Je ne veux point inculper leurs intentions; leur mouvement fut noble, leur but généreux. Qui de nous n'a pas senti son coeur battre d'espérance à l'entrée de la carrière qu'ils semblaient ouvrir? Et malheur encore à présent à qui n'éprouve pas le besoin de déclarer que reconnaître des erreurs ce n'est pas abandonner les principes que les amis de l'humanité ont professés d'âge en âge! Mais ces hommes avaient pris pour guides des écrivains qui ne s'étaient pas doutés euxmêmes que deux mille ans pouvaient avoir apporté quelque altération aux dispositions et aux besoins des peuples.

J'examinerai peutêtre une fois la théorie du plus illustre de ces écrivains, et je relèverai ce qu'elle a de faux et d'inapplicable. On verra, je le pense, que la métaphysique subtile du Contrat Social n'est propre, de nos jours, qu'à fournir des armes et des prétextes à tous les genres de tyrannie, à celle d'un seul, à celle de plusieurs, à celle de tous, à l'oppression constituée sous des formes légales, ou exercée par des fureurs populaires[21].

Un autre philosophe, moins éloquent, mais non moins austère que Rousseau dans ses principes, et plus exagéré encore dans leur application, eut une influence presque égale sur les réformateurs de la France: c'est l'abbé de Mably. On peut le regarder comme le représentant de cette classe nombreuse de démagogues, bien ou mal intentionnés, qui, du haut de la tribune, dans les clubs et dans les pamphlets, parlaient de la nation souveraine pour que les citoyens fussent plus complétement assujettis, et du peuple libre pour que chaque individu fût complétement esclave.

L'abbé de Mably[22], comme Rousseau, et comme tant d'autres, avait pris l'autorité pour la liberté, et tous les moyens lui paraissaient bons pour étendre l'action de l'autorité sur cette partie récalcitrante de l'existence humaine dont il déplorait l'indépendance. Le regret qu'il exprime partout dans ses ouvrages, c'est que la loi ne puisse atteindre que les actions; il aurait voulu qu'elle atteignît les pensées, les impressions les plus passagères; qu'elle poursuivît l'homme sans relâche, et sans lui laisser un asile où il pût échapper à son pouvoir. À peine apercevaitil, n'importe chez quel peuple, une mesure vexatoire, qu'il pensait avoir fait une découverte, et qu'il la proposait pour modèle; il détestait la liberté individuelle en ennemi personnel; et dès qu'il rencontrait une nation qui en était privée, n'eûtelle point de liberté politique, il ne pouvait s'empêcher de l'admirer. Il s'extasiait sur les Égyptiens, parce que, disaitil, tout chez eux était prescrit par la loi: jusqu'aux délassements, jusqu'aux besoins, tout pliait sous l'empire du législateur, tous les moments de la journée étaient remplis par quelque devoir; l'amour même était soumis à cette intervention respectée; et c'était la loi qui tour à tour ouvrait et fermait la couche nuptiale[23].

Sparte, qui réunissait des formes républicaines au même asservissement des individus, excita dans l'esprit de ce philosophe un enthousiasme plus vif encore. Ce couvent guerrier lui semblait l'idéal d'une république libre; il avait pour Athènes un profond mépris, et il aurait dit volontiers de cette première ville de la Grèce ce qu'un académicien grand seigneur disait de l'Académie: Quel épouvantable despotisme! tout le monde y fait ce qu'il veut.

Lorsque le flot des événements eut porté à la tête de l'État, durant la révolution française, des hommes qui avaient adopté la philosophie comme un préjugé, et la démocratie comme un fanatisme, ces hommes furent saisis pour Rousseau, pour Mably, et pour tous les écrivains de la même école, d'une admiration sans bornes.

Les subtilités du premier, l'austérité du second, son intolérance, sa haine contre toutes les passions humaines, son avidité de les asservir toutes, ses principes exagérés sur la compétence de la loi, la différence de ce qu'il recommandait à ce qui avait existé, ses déclamations contre les richesses et même contre la propriété, toutes ces choses devaient charmer des hommes échauffés par une victoire récente, et qui, conquérants d'une puissance qu'on appelait loi, étaient bien aises d'étendre cette puissance sur tous les objets. C'était pour eux une autorité précieuse que des écrivains qui, désintéressés dans la question, et prononçant anathème contre la royauté, avaient, longtemps avant le renversement du trône, rédigé en axiomes toutes les maximes nécessaires pour organiser, sous le nom de république, le despotisme le plus absolu.

Nos réformateurs voulurent donc exercer la force publique comme ils avaient appris de leurs guides qu'elle avait été jadis exercée dans les États libres de l'antiquité; ils crurent que tout devait encore céder devant l'autorité collective, et que toutes les restrictions aux droits individuels seraient réparées par la participation au pouvoir social; ils essayèrent de soumettre les Français à une multitude de lois despotiques qui les froissaient douloureusement dans tout ce qu'ils avaient de plus cher; ils proposèrent à un peuple vieilli dans les jouissances le sacrifice de toutes ces jouissances; ils firent un devoir de ce qui devait être volontaire; ils entourèrent de contrainte jusqu'aux célébrations de la liberté; ils s'étonnaient que le souvenir de plusieurs siècles ne disparût pas aussitôt devant les décrets d'un jour. La loi étant l'expression de la volonté générale, devait, à leurs yeux, l'emporter sur toute autre puissance, même sur celle de la mémoire et du temps. L'effet lent et graduel des impressions de l'enfance, la direction que l'imagination avait reçue par une longue suite d'années, leur paraissaient des actes de révolte. Ils donnaient aux habitudes le nom de malveillance. On eût dit que la malveillance était une puissance magique, qui, je ne sais par quel miracle, forçait constamment le peuple à faire le contraire de sa propre volonté. Ils attribuaient à l'opposition les malheurs de la lutte, comme s'il était jamais permis à l'autorité de faire des changements qui provoquent une telle opposition, comme si les difficultés que ces changements rencontrent n'étaient pas à elles seules la sentence de leurs auteurs.

Cependant tous ces efforts pliaient sans cesse sous le poids de leur propre extravagance; le plus petit saint, dans le plus obscur hameau, résistait avec avantage à toute l'autorité nationale rangée en bataille contre lui; le pouvoir social blessait en tous sens l'indépendance individuelle, sans en détruire le besoin; la nation ne trouvait point qu'une part idéale à une souveraineté abstraite valût ce qu'elle souffrait. On lui répétait vainement avec Rousseau: «Les lois de la liberté sont mille fois plus austères que n'est dur le joug des tyrans.» Il en résultait qu'elle ne voulait pas de ces lois austères; et comme elle ne connaissait alors le joug des tyrans que par ouïdire, elle croyait préférer le joug des tyrans[24].

CHAPITRE VIII.

Des moyens employés pour donner aux modernes la liberté des anciens.

Les erreurs des hommes qui exercent l'autorité, n'importe à quel titre, ne sauraient être innocentes comme celles des individus. La force est toujours derrière ces erreurs, prête à leur consacrer ses moyens terribles.

Les partisans de la liberté antique devinrent furieux de ce que les modernes ne voulaient pas être libres suivant leur méthode. Ils redoublèrent de vexations, le peuple redoubla de résistance, et les crimes succédèrent aux erreurs.

«Pour la tyrannie, dit Machiavel, il faut tout changer.» On peut dire aussi que pour tout changer il faut la tyrannie. Nos législateurs le sentirent, et ils proclamèrent que le despotisme était indispensable pour fonder la liberté.

Il y a des axiomes qui paraissent clairs parce qu'ils sont courts. Les hommes rusés les jettent, comme pâture, à la foule; les sots s'en emparent parce qu'ils leur épargnent la peine de réfléchir, et ils les répètent pour se donner l'air de les comprendre. Des propositions dont l'absurdité nous étonne quand elles sont analysées, se glissent ainsi dans mille têtes, sont redites par mille bouches, et l'on est réduit sans cesse à démontrer l'évidence.

De ce nombre est l'axiome que nous venons de citer; il a fait retentir dix ans toutes les tribunes françaises; que signifietil néanmoins? La liberté n'est d'un prix inestimable que parce qu'elle donne à notre esprit de la justesse, à notre caractère de la force, à notre âme de l'élévation. Mais ces bienfaits ne tiennentils pas à ce que la liberté existe? Si pour l'introduire vous avez recours au despotisme, qu'établissezvous? de vaines formes. Le fond vous échappera toujours.

Que fautil dire à une nation pour qu'elle se pénètre des avantages de la liberté? Vous étiez opprimés par une minorité privilégiée; le grand nombre était immolé à l'ambition de quelquesuns; des lois illégales appuyaient le fort contre le faible; vous n'aviez que des jouissances précaires, qu'à chaque instant l'arbitraire menaçait de vous enlever; vous ne contribuiez ni à la confection de vos lois, ni à l'élection de vos magistrats: tous ces abus vont disparaître, tous vos droits vous seront rendus.

Mais ceux qui prétendent fonder la liberté par le despotisme, que peuventils dire? Aucun privilége ne pèsera sur les citoyens, mais tous les jours les hommes suspects seront frappés sans être entendus; la vertu sera la première ou la seule distinction, mais les plus persécuteurs et les plus violents se créeront un patriciat de tyrannie maintenu par la terreur; les lois protégeront les propriétés, mais l'expropriation sera le partage des individus ou des classes soupçonnées; le peuple élira ses magistrats, mais, s'il ne les élit dans le sens prescrit d'avance, ses choix seront déclarés nuls; les opinions seront libres, mais toute opinion contraire nonseulement au système général, mais aux moindres mesures de circonstance, sera punie comme un attentat.

Tel fut le langage, telle fut la pratique des réformateurs de la France durant de longues années.

Ils remportèrent des victoires apparentes, mais ces victoires étaient contraires à l'esprit de l'institution qu'ils voulaient établir; et comme elles ne persuadaient point les vaincus, elles ne rassuraient point les vainqueurs. Pour former les hommes à la liberté, on les entourait de l'effroi des supplices; on rappelait avec exagération les tentatives qu'une autorité détruite s'était permises contre la pensée, et l'asservissement de la pensée était le caractère distinctif de la nouvelle autorité; on déclamait contre les gouvernements tyranniques, et l'on organisait le plus tyrannique des gouvernements.

On ajournait la liberté, disaiton, jusqu'à ce que les factions se fussent calmées: mais les factions ne se calment que lorsque la liberté n'est plus ajournée. Les mesures violentes, adoptées comme dictature, en attendant l'esprit public, l'empêchent de naître; on s'agite dans un cercle vicieux; on marque une époque qu'on est certain de ne pas atteindre, car les moyens choisis pour l'atteindre ne lui permettent pas d'arriver. La force rend de plus en plus la force nécessaire; la colère s'accroît par la colère; les lois se forgent comme des armes; les codes deviennent des déclarations de guerre; et les amis aveugles de la liberté, qui ont cru l'imposer par le despotisme, soulèvent contre eux toutes les âmes libres, et n'ont pour appuis que les plus vils flatteurs du pouvoir.

Au premier rang des ennemis que nos démagogues avaient à combattre, se trouvaient les classes qui avaient profité de l'organisation sociale abattue, et dont les priviléges, abusifs peutêtre, avaient été pourtant des moyens de loisir, de perfectionnement et de lumières. Une grande indépendance de fortune est une garantie contre plusieurs genres de bassesses et de vices. La certitude de se voir respecté est un préservatif contre cette vanité inquiète et ombrageuse qui partout aperçoit l'insulte et suppose le dédain; passion implacable qui se venge par le mal qu'elle fait de la douleur qu'elle éprouve. L'usage des formes douces et l'habitude des nuances ingénieuses donnent à l'âme une susceptibilité délicate, à l'esprit une rapide flexibilité.

Il fallait profiter de ces qualités précieuses; il fallait entourer l'esprit chevaleresque de barrières qu'il ne pût franchir, mais lui laisser un noble élan dans la carrière que la nature rend commune à tous. Les Grecs épargnaient les captifs qui récitaient des vers d'Euripide. La moindre lumière, le moindre germe de la pensée, le moindre sentiment doux, la moindre forme élégante, doivent être soigneusement protégés. Ce sont autant d'éléments indispensables au bonheur social; il faut les sauver de l'orage, il le faut, et pour l'intérêt de la justice, et pour celui de la liberté; car toutes ces choses aboutissent à la liberté par des routes plus ou moins directes.

Nos réformateurs fanatiques confondirent les époques pour rallumer et entretenir les haines. Comme on était remonté aux Francs et aux Goths pour consacrer des distinctions oppressives, ils remontèrent aux Francs et aux Goths pour trouver des prétextes d'oppression en sens inverse. La vanité avait cherché des titres d'honneur dans les archives et dans les chroniques: une vanité plus âpre et plus vindicative puisa dans les chroniques et dans les archives des actes d'accusation. On ne voulut ni tenir compte des temps, ni distinguer les nuances, ni rassurer les appréhensions, ni pardonner aux prétentions passagères, ni laisser de vains murmures s'éteindre, de puériles menaces s'évaporer; on enregistra les engagements de l'amourpropre; on ajouta aux distinctions qu'on voulait abolir une distinction nouvelle, la persécution; et en accompagnant leur abolition de rigueurs injustes, on leur ménagea l'espoir assuré de ressusciter avec la justice.

Dans toutes les luttes violentes, les intérêts accourent sur les pas des opinions exaltées, comme les oiseaux de proie suivent les armées prêtes à combattre. La haine, la vengeance, la cupidité, l'ingratitude, parodièrent effrontément les plus nobles exemples, parce qu'on en avait recommandé maladroitement l'imitation. L'ami perfide, le débiteur infidèle, le délateur obscur, le juge prévaricateur, trouvèrent leur apologie écrite d'avance dans la langue convenue. Le patriotisme devint l'excuse banale préparée pour tous les délits. Les grands sacrifices, les actes de dévoûment, les victoires remportées sur les penchants naturels par le républicanisme austère de l'antiquité, servirent de prétexte au déchaînement effréné des passions égoïstes. Parce que jadis des pères inexorables, mais justes, avaient condamné leurs fils coupables, leurs modernes copistes livrèrent aux bourreaux leurs ennemis innocents. La vie la plus obscure, l'existence la plus immobile, le nom le plus ignoré, furent d'impuissantes sauvegardes. L'inaction parut un crime, les affections domestiques un oubli de la patrie, le bonheur un désir suspect. La foule, corrompue à la fois par le péril et par l'exemple, répétait en tremblant le symbole commandé, et s'épouvantait du bruit de sa propre voix. Chacun faisait nombre, et s'effrayait du nombre qu'il contribuait à augmenter. Ainsi se répandit sur la France cet inexplicable vertige qu'on a nommé règne de la terreur. Qui peut être surpris de ce que le peuple s'est détourné du but vers lequel on voulait le conduire par une semblable route?

Nonseulement les extrêmes se touchent, mais ils se suivent; une exagération produit toujours l'exagération contraire[25]. Lorsque de certaines idées se sont associées à de certains mots, l'on a beau démontrer que cette association est abusive, ces mots reproduits rappellent longtemps les mêmes idées. C'est au nom de la liberté qu'on nous a donné des prisons, des échafauds, des vexations innombrables: ce nom, signal de mille mesures odieuses et tyranniques, a dû réveiller la haine et l'effroi.

Mais aton raison d'en conclure que les modernes sont disposés à se résigner au despotisme? Quelle a été la cause de leur résistance obstinée à ce qu'on leur offrait comme liberté? Leur volonté ferme de ne sacrifier ni leur repos, ni leurs habitudes, ni leurs jouissances. Or, si le despotisme est l'ennemi le plus irréconciliable de tout repos et de toutes jouissances, n'en résultetil pas qu'en croyant abhorrer la liberté, les modernes n'ont abhorré que le despotisme?

CHAPITRE IX.

L'aversion des modernes pour cette prétendue liberté impliquetelle en eux l'amour du despotisme?

Je n'entends nullement par despotisme les gouvernements où les pouvoirs ne sont pas expressément limités, mais où il y a pourtant des intermédiaires; où une tradition de liberté et de justice contient les agents de l'administration; où l'autorité ménage les habitudes; où l'indépendance des tribunaux est respectée. Ces gouvernements peuvent être imparfaits; ils le sont d'autant plus que les garanties qu'ils établissent sont moins assurées; mais ils ne sont pas purement despotiques.

J'entends par despotisme un gouvernement où la volonté du maître est la seule loi; où les corporations, s'il en existe, ne sont que ses organes; où ce maître se considère comme le seul propriétaire de son empire, et ne voit dans ses sujets que des usufruitiers; où la liberté peut être ravie aux citoyens, sans que l'autorité daigne expliquer ses motifs, et sans qu'on en puisse réclamer la connaissance; où les tribunaux sont subordonnés aux caprices du pouvoir; où leurs sentences peuvent être annulées; où les absous sont traduits devant de nouveaux juges, instruits, par l'exemple de leurs prédécesseurs, qu'ils ne sont là que pour condamner.

Il y a vingt ans qu'aucun gouvernement pareil n'existait en Europe. Il en existe un maintenant, c'est celui de France. J'écarte ici tout ce qui tient à ses conséquences pratiques; j'en traiterai plus loin: je ne parle à présent que du principe, et j'affirme que ce principe est le même que celui du gouvernement que les modernes ont détesté, quand il arborait les étendards de la liberté. Ce principe, c'est l'arbitraire. L'unique différence, c'est qu'au lieu de s'exercer au nom de tous, il s'exerce au nom d'un seul. Estce une raison pour qu'il soit plus supportable, et pour que les hommes se réconcilient plus volontiers avec lui?

CHAPITRE X.

Sophisme en faveur de l'arbitraire exercé par un seul homme.

Oui, disent ses apologistes, l'arbitraire, concentré dans une seule main, n'est pas dangereux, comme lorsque des factieux se le disputent; l'intérêt d'un seul homme investi d'un pouvoir immense est toujours le même que celui du peuple[26]. Laissons de côté pour le moment les lumières que nous fournit l'expérience; analysons l'assertion en ellemême.

L'intérêt du dépositaire d'une autorité sans bornes estil nécessairement conforme à celui de ses sujets? Je vois bien que ces deux intérêts se rencontrent aux extrémités de la ligne qu'ils parcourent, mais ne se séparentils pas au milieu? En fait d'impôts, de guerres, de mesures de police, l'intervalle est vaste entre ce qui est juste, c'estàdire indispensable, et ce qui serait évidemment dangereux pour le maître même. Si le pouvoir est illimité, celui qui l'exerce, en le supposant raisonnable, ne dépassera pas ce dernier terme, mais il excédera souvent le premier. Or l'excéder est déjà un mal.

Secondement, admettons cet intérêt identique: la garantie qu'il nous procure estelle infaillible? On dit tous les jours que l'intérêt bien entendu de chacun l'invite à respecter les règles de la justice; on fait néanmoins des lois contre ceux qui les violent, tant il est constaté que les hommes s'écartent fréquemment de leur intérêt bien entendu[27].

Enfin le gouvernement, quelle que soit sa forme, résidetil de fait dans le possesseur de l'autorité suprême? Le pouvoir ne se subdivisetil pas? ne se partagetil point entre des milliers de subalternes? L'intérêt de ces innombrables gouvernants estil alors le même que celui des gouvernés? Non sans doute; chacun d'eux a tout près de lui quelque égal ou quelque inférieur dont les pertes l'enrichiraient, dont l'humiliation flatterait sa vanité, dont l'éloignement le délivrerait d'un rival, d'un surveillant incommode.

Pour défendre le système qu'on veut établir, ce n'est pas l'identité de l'intérêt, c'est l'universalité du désintéressement qu'il faut démontrer. Au haut de la hiérarchie politique, un homme sans passions, sans caprices, inaccessible à la séduction, à la haine, à la faveur, à la colère, à la jalousie, actif, vigilant, tolérant pour toutes les opinions, n'attachant aucun amourpropre à persévérer dans les erreurs qu'il aurait commises, dévoré du désir du bien, et sachant néanmoins résister à l'impatience et respecter les droits du temps; plus bas, dans la gradation des pouvoirs, des ministres doués des mêmes vertus, existant dans la dépendance sans être serviles, au milieu de l'arbitraire sans être tentés de s'y prêter par crainte ou d'en abuser par égoïsme; enfin, partout, dans les fonctions inférieures, même réunion de qualités rares, même amour de la justice, même oubli de soi, telles sont les hypothèses nécessaires: les regardezvous comme probables?

Si cet enchaînement de vertus surnaturelles se trouve rompu dans un seul anneau, tout est en péril. Vainement les deux moitiés ainsi séparées resteront irréprochables: la vérité ne remontera plus avec exactitude jusqu'au faîte du pouvoir; la justice ne descendra plus, entière et pure, dans les rangs obscurs du peuple. Une seule transmission infidèle suffit pour tromper l'autorité, et pour l'armer contre l'innocence.

Lorsqu'on vante le despotisme, l'on croit toujours n'avoir de rapports qu'avec le despote; mais on en a d'inévitables avec tous les agents subalternes. Il ne s'agit plus d'attribuer à un seul homme des facultés distinguées et une équité à toute épreuve; il faut supposer l'existence de cent ou deux cent mille créatures angéliques, audessus de toutes les faiblesses et de tous les vices de l'humanité.

On abuse donc les Français, lorsqu'on leur dit: L'intérêt du maître est d'accord avec le vôtre. Tenezvous tranquilles, l'arbitraire ne vous atteindra pas; il ne frappe que les imprudents qui le provoquent. Celui qui se résigne et se tait se trouve partout à l'abri.

Rassuré par ce vain sophisme, ce n'est pas contre les oppresseurs qu'on s'élève, c'est aux opprimés qu'on cherche des torts. Nul ne sait être courageux, même par prudence. On ouvre à la tyrannie un libre passage, se flattant d'être ménagé. Chacun marche les yeux baissés dans l'étroit sentier qui doit le conduire en sûreté vers la tombe; mais quand l'arbitraire est toléré, il se dissémine de manière que le citoyen le plus inconnu peut tout à coup le rencontrer armé contre lui.

Quelles que soient les espérances des âmes pusillanimes, heureusement pour la moralité de l'espèce humaine, il ne suffit pas de se tenir à l'écart et de laisser frapper les autres. Mille liens nous unissent à nos semblables, et l'égoïsme le plus inquiet ne parvient pas à les briser tous. Vous vous croyez invulnérable dans votre obscurité volontaire; mais vous avez un fils, la jeunesse l'entraîne; un frère moins prudent que vous se permet un murmure; un ancien ennemi, qu'autrefois vous avez blessé, a su conquérir quelque influence; votre maison d'Albe charme les regards d'un prétorien. Que ferezvous alors? Après avoir avec amertume blâmé toute réclamation, rejeté toute plainte, vous plaindrezvous à votre tour? Vous êtes condamné d'avance, et par votre propre conscience, et par cette opinion publique avilie que vous avez contribué vousmême à former. Céderezvous sans résistance? Mais vous permettraton de céder? n'écarteraton pas, ne poursuivraton point un objet importun, monument d'une injustice? Des innocents ont disparu, vous les avez jugés coupables; vous avez donc frayé la route où vous marchez à votre tour.

CHAPITRE XI.

Des effets de l'arbitraire sur les diverses parties de l'existence humaine.

L'arbitraire, soit qu'il s'exerce au nom d'un seul ou au nom de tous, poursuit l'homme dans tous ses moyens de repos et de bonheur.

Il détruit la morale, car il n'y a point de morale sans sécurité; il n'y a point d'affections douces sans la certitude que les objets de ces affections reposent à l'abri sous la sauvegarde de leur innocence. Lorsque l'arbitraire frappe sans scrupule les hommes qui lui sont suspects, ce n'est pas seulement un individu qu'il persécute, c'est la nation entière qu'il indigne d'abord, et qu'il dégrade ensuite. Les hommes tendent toujours à s'affranchir de la douleur. Quand ce qu'ils aiment est menacé, ils s'en détachent ou le défendent. Les moeurs, dit M. de Paw, se corrompent subitement dans les villes attaquées de la peste; on s'y vole l'un l'autre en mourant. L'arbitraire est au moral ce que la peste est au physique; chacun repousse le compagnon d'infortune qui voudrait s'attacher à lui; chacun abjure les liens de sa vie passée. Il s'isole pour se défendre, et ne voit dans la faiblesse ou l'amitié qui l'implore qu'un obstacle à sa sûreté. Une seule chose conserve son prix: ce n'est pas l'opinion publique, il n'existe plus ni gloire pour les puissants, ni respect pour les victimes; ce n'est pas la justice, ses lois sont méconnues et ses formes profanées; c'est la richesse. Elle peut désarmer la tyrannie; elle peut séduire quelquesuns de ses agents, apaiser la proscription, faciliter la fuite, répandre quelques jouissances passagères sur une vie toujours menacée. On amasse pour jouir; on jouit pour oublier des dangers inévitables; on oppose au malheur d'autrui la dureté, au sien propre l'insouciance; on voit couler le sang à côté des fêtes; on étouffe la sympathie en stoïcien farouche; on se précipite dans le plaisir en sybarite voluptueux.

Lorsqu'un peuple contemple froidement une succession d'actes tyranniques, lorsqu'il voit sans murmure les prisons s'encombrer, se multiplier les lettres d'exil, croiton qu'il suffise, au milieu de ce détestable exemple, de quelques phrases banales pour ranimer les sentiments honnêtes et généreux? L'on parle de la nécessité de la puissance paternelle; mais le premier devoir d'un fils est de défendre son père opprimé; et lorsque vous enlevez un père au milieu de ses enfants, lorsque vous forcez ces derniers à garder un lâche silence, que devient l'effet de vos maximes et de vos codes, de vos déclamations et de vos lois? L'on rend hommage à la sainteté du mariage; mais, sur une dénonciation ténébreuse, sur un simple soupçon, par une mesure qu'on appelle de police, on sépare un époux de sa femme, une femme de son mari! Penseton que l'amour conjugal s'éteigne et renaisse tour à tour, comme il convient à l'autorité? L'on vante les liens domestiques; mais la sanction des liens domestiques, c'est la liberté individuelle, l'espoir fondé de vivre ensemble, de vivre libres, dans l'asile que la justice garantit aux citoyens. Si les liens domestiques existaient, les pères, les enfants, les époux, les femmes, les amis, les proches de ceux que l'arbitraire opprime, se soumettraientils à cet arbitraire? On parle de crédit, de commerce, d'industrie; mais celui qu'on arrête a des créanciers dont la fortune s'appuie sur la sienne, des associés intéressés à ses entreprises. L'effet de sa détention n'est pas seulement la perte momentanée de sa liberté, mais l'interruption de ses spéculations, peutêtre sa ruine. Cette ruine s'étend à tous les copartageants de ses intérêts. Elle s'étend plus loin encore: elle frappe toutes les opinions, elle ébranle toutes les sécurités. Lorsqu'un individu souffre sans avoir été reconnu coupable, tout ce qui n'est pas dépourvu d'intelligence se croit menacé, et avec raison, car la garantie est détruite. L'on se tait, parce qu'on a peur; mais toutes les transactions s'en ressentent. La terre tremble, et l'on ne marche qu'avec effroi[28].

Tout se tient dans nos associations nombreuses, au milieu de nos relations si compliquées. Les injustices qu'on nomme partielles sont d'intarissables sources de malheur public; il n'est pas donné au pouvoir de les circonscrire dans une sphère déterminée. On ne saurait faire la part de l'iniquité. Une seule loi barbare décide de la législation tout entière. Aucune loi juste ne demeure inviolable auprès d'une seule mesure qui soit illégale. On ne peut refuser la liberté aux uns, et l'accorder aux autres. Supposez un seul acte de rigueur contre des hommes qui ne soient pas convaincus, toute liberté devient impossible. Celle de la presse, on s'en servira pour émouvoir le peuple en faveur de victimes peutêtre innocentes. La liberté individuelle, ceux que vous poursuivrez s'en prévaudront pour vous échapper. La liberté d'industrie, elle fournira des ressources aux proscrits. Il faudra donc les gêner toutes, les anéantir également. Les hommes voudraient transiger avec la justice, sortir de son cercle pour un jour, pour un obstacle, et rentrer ensuite dans l'ordre. Ils voudraient la garantie de la règle et le succès de l'exception. La nature s'y oppose; son système est complet et régulier. Une seule déviation le détruit, comme, dans un calcul arithmétique, l'erreur d'un chiffre ou de mille fausse de même le résultat.

CHAPITRE XII.

Des effets de l'arbitraire sur les progrès intellectuels.

L'homme n'a pas uniquement besoin de repos, d'industrie, de bonheur domestique, de vertus privées; la nature lui a donné aussi des facultés sinon plus nobles, du moins plus brillantes. Ces facultés, plus que toutes les autres, sont menacées par l'arbitraire; après avoir essayé de les plier à son usage, irrité qu'il est de leur résistance, il finit par les étouffer.

Il y a, dit Condillac, deux sortes de barbarie, l'une qui précède les siècles éclairés, l'autre qui leur succède. La première est un état désirable, si vous la comparez avec la seconde. Mais c'est seulement vers la seconde que l'arbitraire peut aujourd'hui ramener les peuples; et par là même leur dégradation est plus rapide: car ce qui avilit les hommes, ce n'est point de ne pas avoir une faculté, c'est de l'abdiquer.

Je suppose une nation éclairée, enrichie des travaux de plusieurs générations studieuses, possédant des chefsd'oeuvre de tout genre, ayant fait d'immenses progrès dans les sciences et dans les arts. Si l'autorité mettait des entraves à la manifestation de la pensée et à l'activité de l'esprit, cette nation pourrait vivre quelque temps sur ses capitaux anciens, pour ainsi dire, sur ses lumières acquises; mais rien ne se renouvellerait dans ses idées; le principe reproducteur serait desséché. Durant quelques années la vanité suppléerait à l'amour des lumières. Des sophistes, se rappelant l'éclat et la considération que donnaient auparavant les travaux littéraires, se livreraient à des travaux du même genre en apparence. Ils combattraient avec des écrits le bien que des écrits auraient fait; et tant qu'il resterait quelque trace des principes libéraux, il y aurait dans la littérature une espèce de mouvement, une sorte de lutte contre ces écrits et ces principes. Mais ce mouvement serait un héritage de la liberté détruite. À mesure qu'on en ferait disparaître les derniers vestiges, les dernières traditions, il y aurait moins de succès et moins de profit à continuer des attaques chaque jour plus superflues. Quand tout aurait disparu, le combat finirait, parce que les combattants n'apercevraient plus d'adversaires, et les vainqueurs comme les vaincus garderaient le silence. Qui sait si l'autorité ne jugerait pas utile de l'imposer? Elle ne voudrait pas que l'on réveillât des souvenirs éteints, qu'on agitât des questions délaissées. Elle pèserait sur ses acolytes trop zélés, comme autrefois sur ses ennemis. Elle défendrait d'écrire, même dans son sens, sur les intérêts de l'espèce humaine, comme je ne sais quel gouvernement dévot avait interdit de parler de Dieu en bien ou en mal. On déclarerait sur quelles questions l'esprit humain pourrait s'exercer; on lui permettrait de s'ébattre, avec subordination toutefois, dans l'enceinte qui lui serait concédée. Mais anathème à lui, s'il franchit cette enceinte; si, n'abjurant pas sa céleste origine, il se livre à des spéculations défendues; s'il ose penser que sa destination la plus noble n'est pas la décoration ingénieuse de sujets frivoles, la louange adroite, la déclamation sonore sur des objets indifférents, mais que le ciel et sa nature l'ont constitué tribunal éternel, où tout s'analyse, où tout s'examine, où tout se juge en dernier ressort! Ainsi, la carrière de la pensée, proprement dite, serait définitivement fermée; la génération éclairée disparaîtrait graduellement; la génération suivante, ne voyant dans les occupations intellectuelles aucun avantage, y voyant même des dangers, s'en détacherait sans retour.

En vain direzvous que l'esprit humain pourrait briller encore dans la littérature légère, qu'il pourrait se livrer aux sciences exactes et naturelles, qu'il pourrait s'adonner aux arts. La nature, en créant l'homme, n'a pas consulté l'autorité; elle a voulu que toutes nos facultés eussent entre elles une liaison intime, et qu'aucune ne pût être limitée sans que les autres s'en ressentissent. L'indépendance de la pensée est aussi nécessaire, même à la littérature légère, aux sciences et aux arts, que l'air à la vie physique. L'on pourrait aussi bien faire travailler des hommes sous une pompe pneumatique, en disant qu'on n'exige pas d'eux qu'ils respirent, mais qu'ils remuent les bras et les jambes, que maintenir l'activité de l'esprit sur un sujet donné, en l'empêchant de s'exercer sur les objets importants qui lui rendent son énergie, parce qu'ils lui rappellent sa dignité. Les littérateurs, ainsi garrottés, font d'abord des panégyriques; mais ils deviennent peu à peu incapables même de louer, et la littérature finit par se perdre dans les anagrammes et les acrostiches. Les savants ne sont plus que les dépositaires de découvertes anciennes, qui se détériorent et se dégradent entre des mains chargées de fers. La source du talent se tarit chez les artistes, avec l'espoir de la gloire, qui ne se nourrit que de liberté; et, par une relation mystérieuse, mais incontestable, entre des choses que l'on croyait pouvoir s'isoler, ils n'ont plus la faculté de représenter noblement la figure humaine lorsque l'âme humaine est avilie.

Et ce ne serait pas tout encore: bientôt le commerce, les professions et les métiers les plus nécessaires, se ressentiraient de cette apathie. Le commerce n'est pas à lui seul un mobile d'activité suffisant; l'on s'exagère l'influence de l'intérêt personnel; l'intérêt personnel a besoin pour agir de l'existence de l'opinion: l'homme dont l'opinion languit étouffée n'est pas longtemps excité, même par son intérêt; une sorte de stupeur s'empare de lui; et comme la paralysie s'étend d'une portion du corps à l'autre, elle s'étend aussi de l'une à l'autre de nos facultés.

L'intérêt, séparé de l'opinion, est borné dans ses besoins, et facile à contenter dans ses jouissances: il travaille juste ce qu'il faut pour le présent, mais ne prépare rien pour l'avenir. Ainsi les gouvernements qui veulent tuer l'opinion et croient encourager l'intérêt se trouvent, par une opération double et maladroite, les avoir tués tous les deux.

Il y a sans doute un intérêt qui ne s'éteint pas sous l'arbitraire; mais ce n'est pas celui qui porte l'homme au travail, c'est celui qui le porte à mendier, à piller, à s'enrichir des faveurs de la puissance et des dépouilles de la faiblesse. Cet intérêt n'a rien de commun avec le mobile nécessaire aux classes laborieuses; il donne aux alentours des despotes une grande activité; mais il ne peut servir de levier ni aux efforts de l'industrie, ni aux spéculations du commerce.

L'indépendance intellectuelle a de l'influence même sur les succès militaires: l'on n'aperçoit pas au premier coup d'oeil la relation qui existe entre l'esprit public d'une nation et la discipline ou la valeur d'une armée; cette relation pourtant est constante et nécessaire. On aime, de nos jours, à ne considérer les soldats que comme des instruments dociles qu'il suffit de savoir habilement employer: cela n'est que trop vrai à certains égards. Il faut néanmoins que ces soldats aient la conscience qu'il existe derrière eux une certaine opinion publique; elle les anime presque sans qu'ils la connaissent; elle ressemble à cette musique au son de laquelle ces mêmes soldats s'avancent à l'ennemi. Nul n'y prête une attention suivie; mais tous sont remués, encouragés, entraînés par elle. Ce fut avec l'esprit public de la Prusse, autant qu'avec ses légions, que le grand Frédéric repoussa l'Europe coalisée; cet esprit public s'était formé de l'indépendance que ce monarque avait laissée toujours au développement des facultés intellectuelles. Durant la guerre de Sept ans il éprouva de fréquents revers: sa capitale fut prise, ses armées furent dispersées; mais il y avait je ne sais quelle élasticité qui se communiquait de lui à son peuple, et de son peuple à lui. Les voeux de ses sujets réagissaient sur ses défenseurs; ils les appuyaient d'une sorte d'atmosphère d'opinion qui les soutenait et doublait leurs forces[29].

Je ne me déguise point, en écrivant ces lignes, qu'une classe d'écrivains n'y verra qu'un sujet de moquerie. Ils veulent à toute force qu'il n'y ait rien de moral dans le gouvernement de l'espèce humaine; ils mettent ce qu'ils ont de facultés à prouver l'inutilité et l'impuissance de ces facultés. Ils constituent l'état social avec un petit nombre d'éléments bien simples: des préjugés pour tromper les hommes, des supplices pour les effrayer, de l'avidité pour les corrompre, de la frivolité pour les dégrader, de l'arbitraire pour les conduire, et, il le faut bien, des connaissances positives et des sciences exactes, pour servir plus adroitement cet arbitraire. Je ne puis croire que ce soit le terme de quarante siècles de travaux.

La pensée est le principe de tout; elle s'applique à l'industrie, à l'art militaire, à toutes les sciences, à tous les arts: elle leur fait faire des progrès; puis, en analysant ces progrès, elle étend son propre horizon. Si l'arbitraire veut la restreindre, la morale en sera moins saine[30], les connaissances de fait moins exactes, les sciences moins actives dans leur développement, l'art militaire moins avancé, l'industrie moins enrichie par des découvertes.

L'existence humaine, attaquée dans ses parties les plus nobles, sent bientôt le poison s'étendre jusqu'aux parties les plus éloignées. Vous croyez n'avoir fait que la borner dans quelque liberté superflue, ou lui retrancher quelque pompe inutile: votre arme empoisonnée l'a blessée au coeur.

L'on nous parle souvent, je le sais, d'un cercle prétendu que parcourt l'esprit humain, et qui, diton, ramène, par une fatalité inévitable, l'ignorance après les lumières, la barbarie après la civilisation. Mais, par malheur pour ce système, le despotisme s'est toujours glissé entre ces époques; de manière qu'il est difficile de ne pas l'accuser d'entrer pour quelque chose dans cette révolution.

La véritable cause de ces vicissitudes dans l'histoire des peuples, c'est que l'intelligence de l'homme ne peut rester stationnaire: si vous ne l'arrêtez pas, elle avance; si vous l'arrêtez, elle recule; si vous la découragez sur ellemême, elle ne s'exercera plus sur aucun objet qu'avec langueur. On dirait qu'indignée de se voir exclue de la sphère qui lui est propre, elle veut se venger, par un noble suicide, de l'humiliation qui lui est infligée.

Il n'est pas au pouvoir de l'autorité d'assoupir ou de réveiller les peuples, suivant ses convenances ou ses fantaisies momentanées. La vie n'est pas une chose qu'on ôte et qu'on rende tour à tour.

Que si le gouvernement voulait suppléer par son activité propre à l'activité naturelle de l'opinion enchaînée, comme dans les places assiégées on fait piaffer entre des colonnes les chevaux qu'on tient renfermés, il se chargerait d'une tache difficile.

D'abord une agitation tout artificielle est chère à entretenir. Lorsque chacun est libre, chacun s'intéresse et s'amuse de ce qu'il fait, de ce qu'il dit, de ce qu'il écrit. Mais lorsque la grande masse d'une nation est réduite au rôle de spectateurs forcés au silence, il faut, pour que ces spectateurs applaudissent, ou seulement pour qu'ils regardent, que les entrepreneurs du spectacle réveillent leur curiosité par des coups de théâtre et des changements de scène.

Cette agitation factice est en même temps plutôt apparente que réelle. Tout marche, mais par le commandement et par la menace. Tout est moins facile, parce que rien n'est volontaire. Le gouvernement est obéi plutôt que secondé. À la moindre interruption, tous les rouages cesseraient d'agir: c'est une partie d'échecs; la main du pouvoir les dirige. Aucune pièce ne résiste; mais si le bras s'arrêtait un instant, elles resteraient toutes immobiles.

Enfin la léthargie d'une nation où il n'y a pas d'opinion publique se communique à son gouvernement, quoi qu'il fasse. N'ayant pu la tenir éveillée, il finit par s'endormir avec elle. Ainsi donc tout se tait, tout s'affaisse, tout dégénère, tout se dégrade chez une nation dont la pensée est esclave; et tôt ou tard un tel empire offre le spectacle de ces plaines de l'Égypte, où l'on voit une immense pyramide peser sur une poussière aride, et régner sur de silencieux déserts. Cette marche, que nous retraçons ici, ce n'est point de la théorie, c'est de l'histoire. C'est l'histoire de l'empire grec, de cet empire héritier de celui de Rome, investi d'une grande portion de sa force et de toutes ses lumières, de cet empire où le pouvoir arbitraire s'établit avec toutes les données les plus favorables à sa stabilité, et qui dépérit et tomba, parce que l'arbitraire, sous toutes les formes, doit dépérir et tomber. Cette histoire sera celle de la France, de ce pays privilégié par la nature et le sort, si le despotisme y persévère dans l'oppression sourde qu'il a longtemps déguisée sous le vain éclat des triomphes extérieurs[31].

Ajoutons une considération dernière qui n'est pas sans importance. L'arbitraire, en atteignant la pensée, ferme au talent sa plus belle carrière; mais il ne saurait empêcher que des hommes de talent ne prennent naissance; il faudra bien que leur activité s'exerce. Qu'arriveratil? Qu'ils se diviseront en deux classes. Les uns, fidèles à leur destination primitive, attaqueront l'autorité; les autres se précipiteront dans l'égoïsme, et feront servir leurs facultés supérieures à l'accumulation de tous les moyens de jouissances, seul dédommagement qui leur soit laissé. Ainsi le despotisme aura fait deux parts des hommes d'esprit. Les uns seront séditieux, les autres corrompus; on les punira, mais d'un crime inévitable. Si leur ambition avait trouvé le champ libre pour ses espérances et ses efforts honorables, les uns seraient encore paisibles, les autres encore vertueux. Ils n'ont cherché la route coupable qu'après avoir été repoussés des routes naturelles qu'ils avaient droit de parcourir; je dis qu'ils en avaient le droit, car l'illustration, la renommée, la gloire, appartiennent à l'espèce humaine. Nul ne peut légitimement les dérober à ses égaux, et flétrir la vie en la dépouillant de ce qui la rend brillante.

C'était une belle conception de la nature d'avoir placé la récompense de l'homme hors de lui, d'avoir allumé dans son coeur cette flamme indéfinissable de la gloire, qui, se nourrissant de nobles espérances, source de toutes les actions grandes, préservatif contre tous les vices, lien des générations entre elles et de l'homme avec l'univers, repousse les désirs grossiers et dédaigne les plaisirs sordides. Malheur à qui l'éteint, cette flamme sacrée! il remplit dans ce monde le rôle du mauvais principe; il courbe de sa main de fer notre front vers la terre, tandis que le ciel nous a créés pour marcher la tête haute et pour contempler les astres.

CHAPITRE XIII.

De la religion sous l'arbitraire.

On dirait que sous les formes de gouvernement les plus tyranniques, un refuge reste ouvert à l'homme: c'est la religion. Il y peut déposer ses douleurs secrètes, il peut y placer sa dernière espérance, et nulle autorité ne paraît assez adroite, assez déliée, pour le poursuivre dans cet asile: le despotisme l'y poursuit néanmoins. Tout ce qui est indépendant l'effarouche, parce que tout ce qui est libre le menace. Il voulait autrefois commander aux croyances religieuses, et pensait pouvoir en faire à son gré un devoir ou un crime. De nos jours, mieux instruit par l'expérience, il ne dirige plus contre la religion des persécutions directes, mais il est à l'affût de ce qui peut l'avilir.

Tantôt il la recommande comme nécessaire seulement au peuple, sachant bien que le peuple, averti par un infaillible instinct de ce qui se passe sur sa tête, ne respectera pas ce que ses supérieurs dédaignent, et que chacun, par imitation ou par amourpropre, repoussera la religion un degré plus bas. Tantôt, la pliant à ses caprices, la tyrannie s'en fait une esclave: ce n'est plus cette puissance divine qui descend du ciel pour étonner ou réformer la terre; humble dépendante, organe timide, elle se prosterne aux genoux du pouvoir, observe ses gestes, demande ses ordres, flatte qui la méprise, et n'enseigne aux nations ses vérités éternelles que sous le bon plaisir de l'autorité. Ses ministres bégayent au pied de ses autels asservis des paroles mutilées. Ils n'osent faire retentir les voûtes antiques des accents du courage et de la conscience; et loin d'entretenir, comme Bossuet, les grands de ce monde du Dieu sévère qui juge les rois, ils cherchent avec terreur, dans les regards dédaigneux du maître, comment ils doivent parler de leur Dieu. Heureux encore s'ils n'étaient pas forcés d'appuyer de la sanction religieuse des lois inhumaines et des décrets spoliateurs! Ô honte! on les a vus commander, au nom d'une religion de paix, les invasions et les massacres, souiller la sublimité des livres saints par les sophismes de la politique, travestir leurs prédications en manifestes, bénir le ciel des succès du crime, et blasphémer la volonté divine en l'accusant de complicité.

Et ne croyez pas que tant de servilité les sauve des insultes: l'homme que rien n'arrête est saisi quelquefois d'un soudain délire, par cela seul qu'aucune résistance ne le rappelle à la raison. Commode, portant dans une cérémonie la statue d'Anubis, s'avisa tout à coup de transformer ce simulacre en massue, et d'en assommer le prêtre égyptien qui l'accompagnait[32]. C'est un emblème assez fidèle de ce qui se passe sous nos yeux, de cette assistance hautaine et capricieuse qui se fait un secret triomphe de maltraiter ce qu'elle protège, et d'avilir ce qu'elle vient d'ordonner.

La religion ne peut résister à tant de dégradations et à tant d'outrages. Les yeux fatigués se détournent de ses pompes; les âmes flétries se détachent de ses espérances.

Il faut en convenir, chez un peuple éclairé, le despotisme est l'argument le plus fort contre la réalité d'une Providence. Nous disons chez un peuple éclairé, car des peuples encore ignorants peuvent être opprimés sans que leur conviction religieuse en soit diminuée. Mais, lorsqu'une fois l'esprit humain est entré dans la route du raisonnement, et que l'incrédulité a pris naissance, le spectacle de la tyrannie semble appuyer d'une terrible évidence les assertions de cette incrédulité.

Elle disait à l'homme qu'aucun être juste ne veillait sur ses destinées: et ses destinées sont en effet abandonnées aux caprices des plus féroces et des plus vils des humains. Elle disait que ces récompenses de la vertu, ces châtiments du crime, promesses d'une croyance déchue, n'étaient que les illusions vaines d'imaginations faibles et timides: et c'est le crime qui est récompensé, c'est la vertu qui est proscrite. Elle disait que ce qu'il y avait de mieux à faire, durant cette vie d'un jour, durant cette apparition bizarre, sans passé comme sans avenir, et tellement courte qu'elle paraît à peine réelle, c'était de profiter de chaque moment, afin de fermer les yeux sur l'abîme qui nous attend pour nous engloutir: le despotisme prêche la même doctrine par chacun de ses actes. Il invite l'homme à la volupté par les périls dont il l'entoure: il faut saisir chaque heure, incertain qu'on est de l'heure qui suit. Une foi bien vive serait nécessaire pour espérer, sous le règne visible de la cruauté et de la folie, le règne invisible de la sagesse et de la bonté.

Cette foi vive et inébranlable ne saurait être le partage d'un vieux peuple; les classes éclairées, au contraire, cherchent dans l'impiété un misérable dédommagement de leur servitude. En bravant, avec l'apparence de l'audace, un pouvoir qu'elles ne craignent plus, elles se croient moins méprisables dans leur bassesse envers le pouvoir qu'elles redoutent; et l'on dirait que la certitude qu'il n'existe pas d'autre monde leur est une consolation des opprobres de celuici.

On vante cependant les lumières du siècle, et la destruction de la puissance spirituelle, et la cessation de toute lutte entre l'Église et l'État. Pour moi, je le déclare, s'il faut opter, je préfère le joug religieux au despotisme politique. Sous le premier, il y a du moins conviction dans les esclaves, et les tyrans seuls sont corrompus; mais, quand l'oppression est séparée de toute idée religieuse, les esclaves sont aussi dépravés, aussi abjects que leurs maîtres.

Nous devons plaindre, mais nous pouvons estimer une nation courbée sous le faix de la superstition et de l'ignorance: cette nation conserve de la bonne foi dans ses erreurs; un sentiment de devoir la conduit encore. Elle peut avoir des vertus, bien que ces vertus soient mal dirigées; mais des serviteurs incrédules, rampant avec docilité, s'agitant avec zèle, reniant les dieux et tremblant devant un homme, n'ayant pour mobile que la crainte, n'ayant pour motif que le salaire que leur jette, du haut de son trône, celui qui les opprime; une race qui, dans sa dégénération volontaire, n'a pas une illusion qui la relève, pas une erreur qui l'excuse, une telle race est tombée du rang que la Providence avait assigné à l'espèce humaine; et les facultés qui lui restent, et l'intelligence qu'elle déploie, ne sont pour elle et pour le monde qu'un malheur et une honte de plus.

CHAPITRE XIV.

Que les hommes ne sauraient se résigner volontairement à l'arbitraire sous aucune forme.

Si tels sont les effets de l'arbitraire, quelque forme qu'il revête, les hommes ne peuvent s'y résigner volontairement. Ils ne peuvent donc se résigner volontairement au despotisme, qui est une forme de l'arbitraire, comme ce qu'on avait nommé liberté en France en était une autre. Encore, en disant que cette prétendue liberté était une autre forme de l'arbitraire que le despotisme, j'accorde plus que je ne devrais: c'était le despotisme sous un autre nom.

C'est bien à tort que ceux qui ont décrit le gouvernement révolutionnaire de la France l'ont appelé anarchie, c'estàdire absence de gouvernement. Certes, dans le gouvernement révolutionnaire, dans le tribunal révolutionnaire, dans la loi des suspects, il n'y avait point absence de gouvernement, mais présence continue et universelle d'un gouvernement atroce.

Il est si vrai que cette prétendue anarchie n'était que du despotisme, que le maître actuel des Français imite toutes les mesures dont elle lui fournit des exemples, et a conservé toutes les lois qu'elle a promulguées. Il a toujours éludé l'abrogation de ces lois, qu'il avait souvent promise. Il s'est donné parfois le mérite de suspendre leur exécution, mais il s'en est réservé l'usage; et, tout en niant qu'il en fût l'auteur, il s'en est porté légataire. C'est un arsenal d'armes empoisonnées qu'il quitte et qu'il reprend à son gré. Ces lois planent sur toutes les têtes, comme enveloppées d'un nuage, et demeurent en embuscade pour reparaître au premier signal.

Tandis que j'écris ces mots, je reçois le décret du 27 décembre 1813, et j'y lis ces trois articles: «4. Nos commissaires extraordinaires sont autorisés à ordonner toutes les mesures de haute police qu'exigeraient les circonstances et le maintien de l'ordre public. 5. Ils sont pareillement autorisés à former des commissions militaires, et à traduire devant elles ou devant les cours spéciales toutes personnes prévenues de favoriser l'ennemi, d'être d'intelligence avec lui, ou d'attenter à la tranquillité publique. 6. Ils pourront faire des proclamations et prendre des arrêtés. Lesdits arrêtés seront obligatoires pour tous les citoyens. Les autorités judiciaires, civiles et militaires, seront tenues de s'y conformer et de les faire exécuter.» Ne sontce pas là les proconsuls de la convention? Ne retrouvonsnous pas dans ce décret les pouvoirs illimités et les tribunaux révolutionnaires? Si le gouvernement de Robespierre eût été de l'anarchie, celui de Napoléon serait de l'anarchie. Mais non: le gouvernement de Napoléon est du despotisme, et il faut reconnaître que celui de Robespierre n'était autre chose que du despotisme.

L'anarchie et le despotisme ont ceci de semblable, qu'ils détruisent la garantie et foulent aux pieds les formes; mais le despotisme réclame pour lui ces formes qu'il a brisées, et enchaîne les victimes qu'il veut immoler. L'anarchie et le despotisme introduisent dans l'état social l'état sauvage; mais l'anarchie y remet tous les hommes: le despotisme s'y remet lui seul, et frappe ses esclaves, garrottés des fers dont il s'est débarrassé.

Il n'est donc point vrai qu'aujourd'hui, plus qu'autrefois, l'homme soit disposé à se résigner au despotisme. Une nation fatiguée par des convulsions de douze années a pu tomber de lassitude, et s'assoupir un instant sous une tyrannie accablante, comme le voyageur épuisé peut s'endormir dans une forêt, malgré les brigands qui l'infestent; mais cette stupeur passagère ne peut être prise pour un état stable.

Ceux qui disent qu'ils veulent le despotisme, disent qu'ils veulent être opprimés, ou qu'ils veulent être oppresseurs. Dans le premier cas, ils ne s'entendent pas; dans le second, ils ne veulent pas qu'on les entende.

Voulezvous juger du despotisme pour les différentes classes? Pour les hommes éclairés, pensez à la mort de Thraséas, de Sénèque; pour le peuple, à l'incendie de Rome, à la dévastation des provinces; pour le maître même, à la mort de Néron, à celle de Vitellius.

J'ai cru ces développements nécessaires, avant d'examiner si l'usurpation pouvait se maintenir par le despotisme. Ceux qui aujourd'hui lui indiquent ce moyen comme une ressource assurée nous entretiennent perpétuellement du désir, du voeu des peuples, et de leur amour pour un pouvoir sans bornes qui les comprime, les enchaîne, les préserve de leurs propres erreurs, et les empêche de se faire du mal, sauf à leur en faire luimême et lui seul. On dirait qu'il suffit de proclamer bien franchement que ce n'est pas au nom de la liberté qu'on nous foule aux pieds, pour que nous nous laissions fouler aux pieds avec joie. J'ai voulu réfuter ces assertions absurdes ou perfides, et montrer quel abus de mots leur a servi de base.

Maintenant qu'on doit être convaincu que le genre humain, malgré la dernière et malheureuse expérience qu'il a faite d'une liberté fausse, n'en est pas, en réalité, plus favorablement disposé pour le despotisme, je vais chercher si, en réunissant tous les moyens de la tyrannie, l'usurpation peut échapper à ses nombreux ennemis, et conjurer les périls multipliés qui l'entourent.

CHAPITRE XV.

Du despotisme comme moyen de durée pour l'usurpation[33].

Pour que l'usurpation puisse se maintenir par le despotisme, il faut que le despotisme luimême puisse se maintenir. Or je demande chez quel peuple civilisé de l'Europe moderne le despotisme s'est maintenu. J'ai déjà dit ce que j'entendais par despotisme; et, en consultant l'histoire, je vois que tous les gouvernements qui s'en sont rapprochés ont creusé sous leurs pas un abîme où ils ont toujours fini par tomber. Le pouvoir absolu s'est toujours écroulé au moment où de longs efforts couronnés par le succès l'avaient délivré de tout obstacle, et semblaient lui promettre une durée paisible.

En Angleterre, ce pouvoir s'établit sous Henri VIII. Élisabeth le consolide. On admire l'autorité sans bornes de cette reine; on l'admire d'autant plus qu'elle n'en use que modérément. Mais son successeur est condamné sans cesse à lutter contre la nation qu'on croyait asservie; et le fils de ce successeur, illustre victime, empreint par sa mort sur la révolution britannique une tache de sang dont un siècle et demi de liberté et de gloire peut à peine nous consoler.

Louis XIV, dans ses mémoires, détaille avec complaisance tout ce qu'il avait fait pour détruire l'autorité des parlements, du clergé, de tous les corps intermédiaires. Il se félicite de l'accroissement de sa puissance devenue illimitée; il s'en fait un mérite envers les rois qui doivent le remplacer sur le trône; il écrivait vers l'an 1666. Cent vingttrois ans après, la monarchie française était renversée[34].

La raison de cette marche inévitable des choses est simple et manifeste: les institutions, qui servent de barrières au pouvoir, lui servent en même temps d'appui. Elles le guident dans sa route; elles le soutiennent dans ses efforts; elles le modèrent dans ses accès de violence, et l'encouragent dans ses moments d'apathie. Elles réunissent autour de lui les intérêts des diverses classes. Lors même qu'il lutte contre elles, elles lui imposent de certains ménagements qui rendent ses fautes moins dangereuses. Mais quand ces institutions sont détruites, le pouvoir, ne trouvant rien qui le dirige, rien qui le contienne, commence à marcher au hasard; son allure devient inégale et vagabonde. Comme il n'a plus aucune règle fixe, il avance, il recule, il s'agite, il ne sait jamais s'il en fait assez, s'il n'en fait pas trop. Tantôt il s'emporte, et rien ne le calme; tantôt il s'affaisse, et rien ne le ranime. Il s'est défait de ses alliés en croyant se débarrasser de ses adversaires. L'arbitraire qu'il exerce est une sorte de responsabilité mêlée de remords, qui le trouble et le tourmente.

On a dit souvent que la prospérité des états libres était passagère; celle du pouvoir absolu l'est bien plus encore. Il n'y a pas un état despotique qui ait subsisté dans toute sa force aussi longtemps que la liberté anglaise.

Le despotisme a trois chances: ou il révolte le peuple, et le peuple le renverse; ou il énerve le peuple, et alors, si les étrangers l'attaquent, il est renversé par les étrangers[35]; ou si les étrangers ne l'attaquent pas, il dépérit luimême plus lentement, mais d'une manière plus honteuse et non moins certaine.

Tout confirme cette maxime de Montesquieu, qu'à mesure que le pouvoir devient immense la sûreté diminue[37].

Non, disent les amis du despotisme, quand les gouvernements s'écroulent, c'est toujours la faute de leur faiblesse. Qu'ils surveillent, qu'ils sévissent, qu'ils enchaînent, qu'ils frappent, sans se laisser entraver par de vaines formes.

À l'appui de cette doctrine, on cite deux ou trois exemples de mesures violentes et illégales qui ont paru sauver les gouvernements qui les employaient. Mais, pour faire valoir ces exemples, on se renferme adroitement dans le cercle d'un petit nombre d'années. Si l'on regardait plus loin, l'on verrait que, par ces mesures, ces gouvernements, loin de s'affermir, se sont perdus.

Ce sujet est d'une extrême importance, parce que les gouvernements réguliers euxmêmes se laissent quelquefois séduire par cette théorie. On me pardonnera donc si, dans une courte digression, j'en fais ressortir et le danger et la fausseté.

CHAPITRE XVI.

De l'effet des mesures illégales et despotiques dans des gouvernements réguliers euxmêmes.

Quand un gouvernement régulier se permet l'emploi de l'arbitraire, il sacrifie le but de son existence aux mesures qu'il prend pour la conserver. Pourquoi veuton que l'autorité réprime ceux qui attaqueraient nos propriétés, notre liberté ou notre vie? Pour que ces jouissances nous soient assurées. Mais si notre fortune peut être détruite, notre liberté menacée, notre vie troublée par l'arbitraire, quel bien retireronsnous de la protection de l'autorité? Pourquoi veuton qu'elle punisse ceux qui conspireraient contre la constitution de l'État? Parce que l'on craint que ces conspirateurs ne substituent une puissance oppressive à une organisation légale et modérée. Mais si l'autorité exerce ellemême cette puissance oppressive, quel avantage conservetelle? Un avantage de fait, pendant quelque temps peutêtre. Les mesures arbitraires d'un gouvernement consolidé sont toujours moins multipliées que celles des factions qui ont encore à établir leur puissance. Mais cet avantage même se perd en raison de l'usage de l'arbitraire. Ses moyens une fois admis, on les trouve tellement courts, tellement commodes, qu'on ne veut plus en employer d'autres. Présenté d'abord comme une ressource extrême dans des circonstances infiniment rares, l'arbitraire devient la solution de tous les problèmes et la pratique de chaque jour. Alors, nonseulement le nombre des ennemis de l'autorité s'augmente avec celui des victimes, mais sa défiance s'accroît hors de toute proportion avec le nombre de ses ennemis. Une atteinte portée à la liberté en appelle d'autres, et le pouvoir entré dans cette route finit par se mettre de pair avec les factions.

On parle bien à l'aise de l'utilité des mesures illégales et de cette rapidité extrajudiciaire qui, ne laissant pas aux séditieux le temps de se reconnaître, raffermit l'ordre et maintient la paix. Mais consultons les faits, puisqu'on nous les cite, et jugeons le système par les preuves mêmes que l'on allègue en sa faveur.

Les Gracques, nous diton, mettaient en danger la république romaine. Toutes les formes étaient impuissantes: le sénat recourut deux fois à la loi terrible de la nécessité, et la république fut sauvée. La république fut sauvée! C'estàdire que de cette époque il faut dater sa chute. Tous les droits furent méconnus, toute constitution renversée. Le peuple n'avait demandé que l'égalité des privilèges; il jura le châtiment des meurtriers de ses défenseurs, et le féroce Marius vint présider à sa vengeance.

L'ambition des Guises agitait le règne de Henri III. Il semblait impossible de juger les Guises. Henri III fit assassiner l'un d'eux; son règne en devintil plus tranquille? Vingt années de guerres civiles déchirèrent l'empire français, et peutêtre le bon Henri IV portatil, quarante ans plus tard, la peine du dernier Valois.

Dans les crises de cette nature, les coupables que l'on immole ne sont jamais qu'en petit nombre. D'autres se taisent, se cachent, attendent; ils profitent de l'indignation que la violence a refoulée dans les âmes; ils profitent de la consternation que l'apparence de l'injustice répand dans l'esprit des hommes scrupuleux. Le pouvoir, en s'affranchissant des lois, a perdu son caractère distinctif et son heureuse prééminence. Lorsque les factieux l'attaquent avec des armes pareilles aux siennes, la foule des citoyens peut être partagée; car il lui semble qu'elle n'a que le choix entre deux factions.

On nous objecte l'intérêt de l'État, les dangers de la lenteur, le salut public. N'avonsnous pas entendu suffisamment ces mêmes paroles sous le système le plus exécrable? Ne s'userontelles jamais? Si vous admettez ces prétextes imposants, ces mots spécieux, chaque parti verra l'intérêt de l'État dans la destruction de ses ennemis, les dangers de la lenteur dans une heure d'examen, le salut public dans une condamnation sans jugement et sans preuves.

Sans doute il y a pour les sociétés politiques des moments de danger que toute la prudence humaine a peine à conjurer. Mais ce n'est point par la violence, par la suppression de la justice, ce n'est point ainsi que ces dangers s'évitent. C'est au contraire en adhérant plus scrupuleusement que jamais aux lois établies, aux formes tutélaires, aux garanties préservatrices. Deux avantages résultent de cette courageuse persistance dans ce qui est légal. Les gouvernements laissent à leurs ennemis l'odieux de la violation des lois les plus saintes; et de plus ils conquièrent, par le calme et la sécurité qu'ils témoignent, la confiance de cette masse timide, qui resterait au moins indécise, si des mesures extraordinaires prouvaient dans les dépositaires de l'autorité le sentiment d'un péril pressant.

Tout gouvernement modéré, tout gouvernement qui s'appuie sur la régularité et sur la justice, se perd par toute interruption de la justice, par toute déviation de la régularité. Comme il est dans sa nature de s'adoucir tôt ou tard, ses ennemis attendent cette époque pour se prévaloir des souvenirs armés contre lui. La violence a paru le sauver un instant; mais elle a rendu sa chute plus inévitable; car, en le délivrant de quelques adversaires, elle a généralisé la haine que ses adversaires lui portaient.

Soyez justes, diraije toujours aux hommes investis delà puissance. Soyez justes, quoi qu'il arrive; car, si vous ne pouviez gouverner avec la justice, avec l'injustice même vous ne gouverneriez pas longtemps.

Durant notre longue et triste révolution, beaucoup d'hommes s'obstinaient à voir les causes des événements du jour dans les actes de la veille. Lorsque la violence, après avoir produit une stupeur momentanée, était suivie d'une réaction qui en détruisait l'effet, ils attribuaient cette réaction à la suppression des mesures violentes, à trop de parcimonie dans les proscriptions, au relâchement de l'autorité[38]; mais il est dans la nature des décrets iniques de tomber en désuétude. Il est dans la nature de l'autorité de s'adoucir, même à son insu. Les précautions, devenues odieuses, se négligent; l'opinion pèse malgré son silence; la puissance fléchit; mais, comme elle fléchit de faiblesse, elle ne se concilie pas les coeurs: les trames se renouent, les haines se développent; les innocents, frappés par l'arbitraire, reparaissent plus forts; les coupables, qu'on a condamnés sans les entendre, semblent innocents; et le mal qu'on a retardé de quelques heures revient plus terrible, aggravé du mal qu'on a fait.

Il n'y a point d'excuses pour des moyens qui servent également à toutes les intentions et à tous les buts, et qui, invoqués par les hommes honnêtes contre les brigands, se retrouvent dans la bouche des brigands avec l'autorité des hommes honnêtes, avec la même apologie de la nécessité, avec le même prétexte du salut public. La loi de Valérius Publicola, qui permettait de tuer sans formalité quiconque aspirerait à la tyrannie, servit alternativement aux fureurs aristocratiques et populaires, et perdit la république romaine.

La manie de presque tous les hommes, c'est de se montrer audessus de ce qu'ils sont; la manie des écrivains, c'est de se montrer des hommes d'État. En conséquence tous les grands développements de force extrajudiciaire, tous les recours aux mesures illégales dans les circonstances périlleuses, ont été, de siècle en siècle, racontés avec respect et décrits avec complaisance. L'auteur, paisiblement assis à son bureau, lance de tous côtés l'arbitraire, cherche à mettre dans son style la rapidité qu'il recommande dans les mesures; se croit, pour un moment, revêtu du pouvoir, parce qu'il en prêche l'abus; réchauffe sa vie spéculative de toutes les démonstrations de force et de puissance dont il décore ses phrases; se donne ainsi quelque chose du plaisir de l'autorité; répète à tuetête les grands mots de salut du peuple, de loi suprême, d'intérêt public; est en admiration de sa profondeur, et s'émerveille de son énergie. Pauvre imbécile! il parle à des hommes qui ne demandent pas mieux que de l'écouter, et qui, à la première occasion, feront sur luimême l'expérience de sa théorie.

Cette vanité, qui a faussé le jugement de tant d'écrivains, a eu plus d'inconvénients qu'où ne pense pendant nos dissensions civiles. Tous les esprits médiocres, conquérants passagers d'une portion de l'autorité, étaient remplis de toutes ces maximes, d'autant plus agréables à la sottise qu'elles lui servent à trancher les noeuds qu'elle ne peut délier. Ils ne rêvaient que mesures de salut public, grandes mesures, coups d'État. Ils se croyaient des génies extraordinaires, parce qu'ils s'écartaient à chaque pas des moyens ordinaires. Ils se proclamaient des têtes vastes, parce que la justice leur paraissait une chose étroite. À chaque crime politique qu'ils commettaient, on les entendait s'écrier:

Nous avons encore une fois sauvé la patrie! Certes, nous devons en être suffisamment convaincus, c'est une patrie bientôt perdue qu'une patrie sauvée ainsi chaque jour.

CHAPITRE XVII.

Résultat des considérations cidessus, relativement au despotisme.

Si, même dans les gouvernements réguliers qui ne réunissent pas, comme le despotisme, tous les intérêts des hommes contre eux, les mesures illégales, loin d'être favorables à leur durée, la compromettent et la menacent, il est clair que le despotisme, qui se compose tout entier de mesures pareilles, ne peut renfermer en luimême aucun germe de stabilité. Il vit au jour le jour, tombant à coups de hache sur l'innocent et sur le coupable, tremblant devant ses complices qu'il enrégimente, qu'il flatte et qu'il enrichit, et se maintenant par l'arbitraire, jusqu'à ce que l'arbitraire, saisi par un autre, le renverse luimême de la main de ses suppôts[39].

Étouffer dans le sang l'opinion mécontente, est la maxime favorite de certains profonds politiques. Mais on n'étouffe pas l'opinion: le sang coule, mais elle surnage, revient à la charge, et triomphe. Plus elle est comprimée, plus elle est terrible: elle pénètre dans les esprits avec l'air qu'on respire; elle devient le sentiment habituel, l'idée fixe de chacun; l'on ne se rassemble pas pour conspirer, mais tous ceux qui se rencontrent conspirent.

Quelque avili que l'extérieur d'une nation nous paraisse, les affections généreuses se réfugieront toujours dans quelques âmes solitaires, et c'est là qu'indignées, elles fermenteront en silence. Les voûtes des assemblées peuvent retentir de déclamations furieuses; l'écho des palais, d'expressions de mépris pour la race humaine; les flatteurs du peuple peuvent l'irriter contre la pitié; les flatteurs des tyrans leur dénoncer le courage: mais aucun siècle ne sera jamais tellement déshérité par le ciel, qu'il présente le genre humain tout entier tel qu'il le faudrait pour le despotisme. La haine de l'oppression, soit au nom d'un seul, soit au nom de tous, s'est transmise d'âge en âge. L'avenir ne trahira pas cette belle cause: il restera toujours de ces hommes pour qui la justice est une passion, la défense du faible un besoin. La nature a voulu cette succession: nul n'a jamais pu l'interrompre, nul ne l'interrompra jamais. Ces hommes céderont toujours à cette impulsion magnanime: beaucoup souffriront, beaucoup périront peutêtre; mais la terre, à laquelle ira se mêler leur cendre, sera soulevée par cette cendre, et s'entr'ouvrira tôt ou tard.

CHAPITRE XVIII.

Causes qui rendent le despotisme particulièrement impossible à notre époque de la civilisation.

Les raisonnements qu'on vient de lire sont d'une nature générale, et s'appliquent à tous les peuples civilisés et à toutes les époques; mais plusieurs autres causes, qui sont particulières à l'état de la civilisation moderne, mettent de nos jours de nouveaux obstacles au despotisme.

Ces causes sont, en grande partie, les mêmes qui ont substitué la tendance pacifique à la tendance guerrière, les mêmes qui ont rendu impossible la transplantation de la liberté des anciens chez les modernes.

L'espèce humaine étant inébranlablement attachée à son repos et à ses jouissances, réagira toujours, individuellement et collectivement, contre toute autorité qui voudra les troubler. De ce que nous sommes, comme je l'ai dit, beaucoup moins passionnés pour la liberté politique que ne l'étaient les anciens, il peut s'ensuivre que nous négligions les garanties qui se trouvent dans les formes; mais de ce que nous tenons beaucoup plus à la liberté individuelle, il s'ensuit aussi que, dès que le fond sera attaqué, nous le défendrons de tous nos moyens. Or, nous avons pour le défendre des moyens que les anciens n'avaient pas.

J'ai montré que le commerce rend l'action de l'arbitraire sur notre existence plus vexatoire qu'autrefois, parce que nos spéculations étant plus variées, l'arbitraire doit se multiplier pour les atteindre; mais le commerce rend en même temps l'action de l'arbitraire plus facile à éluder, parce qu'il change la nature de la propriété, qui devient par ce changement presque insaisissable.

Le commerce donne à la propriété une qualité nouvelle, la circulation: sans circulation, la propriété n'est qu'un usufruit. L'autorité peut toujours influer sur l'usufruit, car elle peut enlever la jouissance; mais la circulation met un obstacle invisible et invincible à cette action du pouvoir social.

Les effets du commerce s'étendent encore plus loin: nonseulement il affranchit les individus, mais, en créant le crédit, il rend l'autorité dépendante.

L'argent, dit un auteur français, est l'arme la plus dangereuse du despotisme: mais il est en même temps son frein le plus puissant; le crédit est soumis à l'opinion; la force est inutile; l'argent se cache ou s'enfuit; toutes les opérations de l'État sont suspendues. Le crédit n'avait pas la même influence chez les anciens; leurs gouvernements étaient plus forts que les particuliers: les particuliers sont plus forts que les pouvoirs politiques de nos jours. La richesse est une puissance plus disponible dans tous les instants, plus applicable à tous les intérêts, et par conséquent bien plus réelle et mieux obéie; le pouvoir menace, la richesse récompense: on échappe au pouvoir en le trompant; pour obtenir les faveurs de la richesse, il faut la servir: celleci doit l'emporter.

Par une suite des mêmes causes, l'existence individuelle est moins englobée dans l'existence politique. Les individus transplantent au loin leurs trésors; ils portent avec eux toutes les jouissances de la vie privée. Le commerce a rapproché les nations, et leur a donné des moeurs et des habitudes à peu près pareilles: les chefs peuvent être ennemis; les peuples sont compatriotes. L'expatriation, qui chez les anciens était un supplice, est facile aux modernes; et, loin de leur être pénible, elle leur est souvent agréable[40]. Reste au despotisme l'expédient de prohiber l'expatriation; mais pour l'empêcher il ne suffit pas de l'interdire. On n'en quitte que plus volontiers les pays d'où il est défendu de sortir: il faut donc poursuivre ceux qui se sont expatriés; il faut obliger les États voisins, et ensuite les États éloignés, à les repousser. Le despotisme revient ainsi au système d'asservissement, de conquête et de monarchie universelle; c'est vouloir, comme on voit, remédier à une impossibilité par une autre.

Ce que j'affirme ici vient de se vérifier sous nos yeux mêmes: le despotisme de France a poursuivi la liberté de climat en climat; il a réussi pour un temps à l'étouffer dans toutes les contrées où il pénétrait; mais, la liberté se réfugiant toujours d'une région dans l'autre, il a été contraint de la suivre si loin, qu'il a enfin trouvé sa propre perte. Le génie de l'espèce humaine l'attendait aux bornes du monde, pour rendre son retour plus honteux, et son châtiment plus mémorable[41].

CHAPITRE XIX.

Que, l'usurpation ne pouvant se maintenir par le despotisme, puisque le despotisme luimême ne peut se maintenir aujourd'hui, il n'existe aucune chance de durée pour l'usurpation.

Si le despotisme est impossible de nos jours, vouloir soutenir l'usurpation par le despotisme, c'est prêter à une chose qui doit s'écrouler un appui qui doit s'écrouler de même.

Un gouvernement régulier se met dans une situation périlleuse quand il aspire au despotisme; il a cependant pour lui l'habitude. Voyez combien de temps il fallut au long parlement pour s'affranchir de cette vénération, compagne de toute puissance ancienne et consacrée, qu'elle soit républicaine ou qu'elle soit monarchique. Croyezvous que les corporations qui existent sous un usurpateur éprouveraient, à briser son joug, ce même obstacle moral, ce même scrupule de conscience? Ces corporations ont beau être esclaves, plus elles sont asservies, plus elles se montrent furieuses quand un événement vient les délivrer. Elles veulent expier leur longue servitude. Les sénateurs qui avaient voté des fêtes publiques pour célébrer la mort d'Agrippine et féliciter Néron du meurtre de sa mère, le condamnèrent à être battu de verges et précipité dans le Tibre.

Les difficultés qu'un gouvernement régulier rencontre à devenir despotique participent de sa régularité: elles s'opposent à ses succès, mais elles diminuent les périls que ses tentatives attirent sur luimême. L'usurpation ne rencontre pas des résistances aussi méthodiques: son triomphe momentané en est plus complet; mais les résistances qui se déploient enfin sont plus désordonnées: c'est le chaos contre le chaos.

Quand un gouvernement régulier, après avoir essayé des empiétements, revient à la pratique de la modération et de la justice, tout le monde lui en sait gré. Il retourne vers un point déjà connu, qui rassure les esprits par les souvenirs qu'il rappelle. Un usurpateur qui renoncerait à ses entreprises ne prouverait que de la faiblesse. Le terme où il s'arrêterait serait aussi vague que le terme qu'il aurait voulu atteindre; il serait plus méprisé, sans être moins haï.

L'usurpation ne peut donc subsister, ni sans le despotisme, car tous les intérêts s'élèvent contre elle, ni par le despotisme, car le despotisme ne peut subsister. La durée de l'usurpation est donc impossible.

Sans doute le spectacle que la France nous offre paraît propre à décourager toute espérance. Nous y voyons l'usurpation triomphante, armée de tous les souvenirs effrayants, héritière de toutes les théories criminelles, se croyant justifiée par tout ce qui s'est fait avant elle, forte de tous les attentats, de toutes les erreurs du passé, affichant le mépris des hommes, le dédain pour la raison. Autour d'elle se sont réunis tous les désirs ignobles, tous les calculs adroits, toutes les dégradations raffinées. Les passions, qui durant la violence des révolutions se sont montrées si funestes, se reproduisent sous d'autres formes. La peur et la vanité parodiaient jadis l'esprit de parti dans ses fureurs les plus implacables; elles surpassent maintenant, dans leurs démonstrations insensées, la plus abjecte servilité. L'amourpropre, qui survit à tout, place encore un succès dans la bassesse, où l'effroi cherche un asile. La cupidité paraît à découvert, offrant son opprobre comme garantie à la tyrannie. Le sophisme s'empresse à ses pieds, l'étonne de son zèle, la devance de ses cris, obscurcissant toutes les idées, et nommant séditieuse la voix qui veut le confondre. L'esprit vient offrir ses services; l'esprit, qui, séparé de la conscience, est le plus vil des instruments. Les apostats de toutes les opinions accourent en foule, n'ayant conservé de leurs doctrines passées que l'habitude des moyens coupables. Des transfuges habiles, illustres par la tradition du vice, se glissent de la prospérité de la veille à la prospérité du jour. La religion est le portevoix de l'autorité, le raisonnement le commentaire de la force. Les préjugés de tous les âges, les injustices de tous les pays, sont rassemblés comme matériaux du nouvel ordre social. L'on remonte vers des siècles reculés; l'on parcourt des contrées lointaines, pour composer de mille traits épars une servitude bien complète qu'on puisse donner pour modèle. La parole déshonorée vole de bouche en bouche, ne partant d'aucune source réelle, ne portant nulle part la conviction; bruit importun, oiseux et ridicule, qui ne laisse à la vérité et à la justice aucune expression qui ne soit souillée.

Un pareil état est plus désastreux que la révolution la plus orageuse. On peut détester quelquefois les tribuns séditieux de Rome, mais on est oppressé du mépris qu'on éprouve pour le sénat sous les Césars. On peut trouver durs et coupables les ennemis de Charles Ier, mais un dégoût profond nous saisit pour les créatures de Cromwell.

Lorsque les portions ignorantes de la société commettent des crimes, les classes éclairées restent intactes; elles sont préservées de la contagion par le malheur; et, comme la force des choses remet tôt ou tard le pouvoir entre leurs mains, elles ramènent facilement l'opinion, qui est plutôt égarée que corrompue. Mais, lorsque ces classes ellesmêmes, désavouant leurs principes anciens, déposent leur pudeur accoutumée, et s'autorisent d'exécrables exemples, quel espoir restetil? où trouver un germe d'honneur, un élément de vertu? Tout n'est que fange, sang et poussière.

Destinée cruelle, à toutes les époques, pour les amis de l'humanité! Méconnus, soupçonnés, entourés d'hommes incapables de croire au courage, à la conviction désintéressée; tourmentés tour à tour par le sentiment de l'indignation quand les oppresseurs sont les plus forts, et par celui de la pitié quand ces oppresseurs sont devenus victimes, ils ont toujours erré sur la terre, en butte à tous les partis, et seuls au milieu des générations tantôt furieuses, tantôt dépravées.

En eux repose toutefois l'espoir de la race humaine. Nous leur devons cette grande correspondance des siècles qui dépose en lettres ineffaçables contre tous les sophismes que renouvellent tous les tyrans. Par elle, Socrate a survécu aux persécutions d'une populace aveugle, et Cicéron n'est pas mort tout entier sous les proscriptions de l'infâme Octave. Que leurs successeurs ne se découragent pas! qu'ils élèvent de nouveau leur voix! Ils n'ont rien à se faire pardonner; ils n'ont besoin ni d'expiations ni de désaveux; ils possèdent intact le trésor d'une réputation pure. Qu'ils osent exprimer l'amour des idées généreuses; elles ne réfléchissent point sur eux un jour accusateur! Ce ne sont point des temps sans compensation que ceux où le despotisme, dédaignant une hypocrisie qu'il croit inutile, arbore ses propres couleurs, et déploie avec insolence des étendards dès longtemps connus. Combien il vaut mieux souffrir de l'oppression de ses ennemis, que rougir des excès de ses alliés! On rencontre alors l'approbation de tout ce qu'il y a de vertueux sur la terre. On plaide une noble cause en présence du monde, et secondé par les voeux de tous les hommes de bien.

Jamais un peuple ne se détache de ce qui est véritablement la liberté. Dire qu'il s'en détache, c'est dire qu'il aime l'humiliation, la douleur, le dénûment et la misère; c'est prétendre qu'il se résigne sans peine à être séparé des objets de son amour, interrompu dans ses travaux, dépouillé de ses biens, tourmenté dans ses opinions et dans ses plus secrètes pensées, traîné dans les cachots et sur l'échafaud. Car c'est contre ces choses que les garanties de la liberté sont instituées, c'est pour être préservé de ces fléaux que l'on invoque la liberté; ce sont ces fléaux que le peuple craint, qu'il maudit, qu'il déteste. En quelque lieu, sous quelque dénomination qu'il les rencontre, il s'épouvante, il recule. Ce qu'il abhorrait dans ce que ses oppresseurs appelaient la liberté, c'était l'esclavage. Aujourd'hui l'esclavage s'est montré à lui sous son vrai nom, sous ses véritables formes: croiton qu'il le déteste moins?

Missionnaires de la vérité, si la route est interceptée, redoublez de zèle, redoublez d'efforts! Que la lumière perce de toutes parts! obscurcie, qu'elle reparaisse; repoussée, qu'elle revienne! Qu'elle se reproduise, se multiplie, se transforme! qu'elle soit infatigable comme la persécution! Que les uns marchent avec courage, que les autres se glissent avec adresse! Que la vérité se répande, pénètre, tantôt retentissante, et tantôt répétée tout bas! Que toutes les raisons se coalisent, que toutes les espérances se raniment, que tous travaillent, que tous servent, que tous attendent!

La tyrannie, l'immoralité, l'injustice, sont tellement contre nature, qu'il ne faut qu'un effort, une voix courageuse pour retirer l'homme de cet abîme; il revient à la morale par le malheur qui résulte de l'oubli de la morale; il revient à la liberté par le malheur qui résulte de l'oubli de la liberté. La cause d'aucune nation n'est désespérée. L'Angleterre, durant ses guerres civiles, offrit des exemples d'inhumanité. Cette même Angleterre parut n'être revenue de son délire que pour tomber dans la servitude. Elle a toutefois repris sa place parmi les peuples sages, vertueux et libres, et de nos jours nous l'avons vue et leur modèle et leur espoir.

FIN DE L'USURPATION.

ESSAI SUR ADOLPHE.

Si Benjamin Constant n'avait pas marqué sa place au premier rang parmi les orateurs et les publicistes de la France, si ses travaux ingénieux sur le développement des religions ne le classaient pas glorieusement parmi les écrivains les plus diserts et les plus purs de notre langue; s'il n'avait pas su donner à l'érudition allemande une forme élégante et populaire, s'il n'avait pas mis au service de la philosophie son élocution limpide et colorée, son nom serait encore sûr de ne pas périr: car il a écrit Adolphe.

Or il y a dans ce livre une vertu singulière et presque magnétique qui nous attire et nous appelle chaque fois que nous sommes témoins ou acteurs dans une crise morale de quelque importance. Il n'y a pas une page de ce roman, si toutefois c'est un roman, et pour ma part j'ai grand'peine à le croire, qui ne donne lieu à une sorte d'examen de conscience. Qu'il s'agisse de nous ou de nos amis les plus chers, ce n'est jamais en vain que nous consultons cette histoire si simple et d'une moralité si douloureuse. Les applications et les souvenirs abondent. Chacune des pensées inscrites dans ce terrible procèsverbal est si nue, si franche, si finement analysée, et dérobée avec tant d'adresse aux souffrances du coeur, que chacun de nous est tenté d'y reconnaître son portrait ou celui de ses intimes.

C'est là, il faut le dire, un privilége inappréciable et qui n'est dévolu qu'aux oeuvres du premier ordre. Comme il n'y a pas dans ce tableau mystérieux un seul trait dessiné au hasard; comme tous les mouvements, toutes les attitudes des deux figures qui se partagent la toile sont étudiés avec une sévérité scrupuleuse et inflexible, d'année en année nous découvrons dans cette composition un sens nouveau et plus profond, un sens multiple et variable malgré son évidente unité, qui ne se révèle pas au premier regard, mais qui s'épanouit et s'éclaire à mesure que notre front se dépouille et que notre sang s'attiédit.

Adolphe est comme une savante symphonie qu'il faut entendre plusieurs fois, et religieusement, avant de saisir et d'embrasser l'inspiration de l'artiste. La première fois, l'âme est frappée du gracieux andante, ou du solennel adagio, mais elle ne comprend pas bien la transition des parties. La seconde fois, elle distingue dans le rondeau le chant d'un hautbois ou le dialogue alterné des violons et de la flûte. Plus tard, elle s'éprend d'une mélodie élégante et simple qu'elle n'avait pas d'abord aperçue, et chaque jour elle fait de nouvelles découvertes; elle s'étonne de sa première ignorance, et la curiosité se rajeunit à mesure que la pénétration se développe.

Il n'y a dans le roman de Benjamin Constant que deux personnages; mais tous deux, bien que vraisemblablement copiés, sont représentés par leur côté général et typique; tous deux, bien que trèspeu idéalisés, selon toute apparence, ont été si habilement dégagés des circonstances locales et individuelles, qu'ils résument en eux plusieurs milliers de personnages pareils.

Adolphe et Ellénore ne sont pas seulement réels, ils sont vrais dans la plus large acception du mot. Sans doute il eût été facile à une imagination plus active et plus exercée d'encadrer le sujet de ce roman dans une fable plus savante et plus vive, de multiplier les incidents, de nouer plus étroitement la tragédie. Mais à quoi bon? qui sait si le livre n'eût pas perdu à ce jeu dangereux l'autorité lumineuse de ses enseignements?

Adolphe est ennuyé, comme tous les hommes de son âge qui ont entremêlé leurs études vagabondes de loisirs nombreux et indéfinis. Il sait, il a réfléchi, il a rêvé pour l'avenir bien des voyages dont il ne voudrait plus maintenant, bien des gloires qu'il dédaigne aujourd'hui comme s'il les avait usées; il a vu passer dans ses songes des femmes adorées qui se dévouaient à son amour, dont il buvait les larmes, et qui de leurs cheveux dénoués essuyaient la sueur de son front.

Il a dévoré dans ses ambitions solitaires plusieurs destinées dont une seule suffirait à remplir sa vie; il a vécu des siècles dans sa mémoire, et il n'est encore qu'au seuil de ses années. Habitué dès longtemps à converser avec luimême, à se raconter les grandes choses qu'il espère accomplir, il est tout simple qu'il dédaigne la société réelle qu'il n'a pas étudiée, et qui ne peut le deviner. L'ennui, chez les âmes élevées, chez celles surtout qui ont vingt ans, est presque toujours accompagné d'une exorbitante vanité. Comme elles aperçoivent en dedans un monde supérieur plus grand, plus beau, plus varié; comme elles ont peuplé leur conscience des souvenirs d'une vie imaginaire; comme elles comparent incessamment le spectacle de leurs journées au spectacle de leurs rêveries, le dédain et l'impertinence ne sont chez elles qu'une forme particulière de la douleur.

Adolphe est las de luimême et de sa puissance inoccupée; il aspire à vouloir, à dominer, à parler pour être compris, à marcher pour être suivi, à aimer pour mettre à l'ombre de sa puissance une volonté moins forte que la sienne, et qui se confie en obéissant. S'il avait choisi de bonne heure une route simple et droite; si, au lieu de promener sa rêverie sur le monde entier qu'il ne peut embrasser, il avait mesuré son regard à son bras; s'il s'était dit chaque jour en s'éveillant: Voilà ce que je peux, voilà ce que je voudrai; s'il avait marqué sa place audessous de Newton, de Condé ou de SaintPreux; s'il avait préféré délibérément la science, l'action ou l'amour; s'il avait épié d'un oeil vigilant le premier éveil de ses facultés, s'il avait démêlé nettement sa destinée, s'il avait marché d'un pas sûr et persévérant vers la paix sereine de l'intelligence, l'énergique ardeur de la volonté ou le bonheur aveugle et crédule, il ne serait pas vain, il ne dédaignerait pas.

Une fois engagé dans la voie préférée, l'emploi légitime de ses forces suffirait à l'occuper. L'oeil attaché sur l'horizon lointain, mais sûr d'arriver, il ne détournerait pas la tête pour regarder en arrière; il se résignerait de bonne grâce à la continuité harmonieuse de ses efforts. Si haut que fût placé le fruit doré de ses espérances, le courage ne lui manquerait pas avant de le cueillir.

Mais comme il n'a pas mesuré sa volonté à sa puissance, comme il a tout désiré sans rien vouloir, il s'ennuie, il dédaigne, il ne prévoit pas.

Ellénore a déjà aimé; elle a déjà connu toutes les angoisses et tous les égarements de la passion; elle s'est isolée du monde entier, pour assurer le bonheur de celui qu'elle a préféré. Elle a renoncé volontairement à tous les avantages de la fortune et de la naissance; elle a déserté sa famille et son pays. Dans l'ardeur de son dévoûment, elle aurait voulu pouvoir renouveler autour d'elle ce qu'elle venait de détruire, afin d'agrandir à toute heure le domaine de son abnégation.

Elle croyait, la pauvre femme, que son enthousiasme ne s'éteindrait jamais; elle espérait que le coeur en qui elle s'était confiée ne méconnaîtrait jamais la grandeur de ses sacrifices. Elle avait joué hardiment sa vie entière sur un coup de dé; elle avait gagné. Elle avait conquis l'amour d'un homme, elle avait posé sa tête sur son épaule, et dans ses rêves elle avait surpris le murmure de son nom; elle était fière et glorieuse, et ne soupçonnait pas que la chance pût tourner contre elle.

L'hostilité assidue, la vigilance envieuse de la société, qui la désignait du doigt aux railleries et au dédain, n'avaient pas ébranlé son courage. Elle s'était dit: «J'ai fait un serment, je le tiendrai. La religion de la foi jurée n'est pas moins grande et moins sainte que la religion de la prière. Si ma promesse a été imprévoyante, si j'ai follement engagé mon avenir, c'est à Dieu seul qu'il appartient de me relever de mon serment en m'infligeant l'abandon. Si la malédiction paternelle m'a dégradée, me réhabiliteraije par l'infidélité? Si l'image menaçante des larmes qui sillonnaient la joue du vieillard vient chaque nuit troubler mon sommeil, estce en désertant mon amour que je fléchirai l'ombre indignée?

»Non, j'irai jusqu'au bout; je boirai jusqu'au fond cette coupe d'amertume. Je subirai, sans détourner la tête, les affronts et le mépris de ce monde qui me conviait à ses fêtes, et que j'ai quitté. Ma paupière ne s'abaissera pas devant ces mères orgueilleuses qui parlent bas à l'oreille de leurs filles en me voyant passer; je marcherai près d'elles d'un pas ferme; je sentirai la rougeur monter à mon front, mais je retiendrai mes larmes, et je les accumulerai pour les verser à flots dans le coeur de mon bienaimé.

»Tous les biens semés autour de moi, je les dédaignerai pour ne plus voir qu'un seul bien, qu'un trésor unique, le trésor que j'ai choisi. Les joies paisibles de la famille, les caresses naïves des enfants, les flatteries enivrées recueillies par les jeunes filles florissantes, et rapportées fidèlement au coeur de l'orgueilleuse mère, rien de tout cela ne m'appartiendra plus: la foule ignorante comptera mes regrets par ses désirs, et je triompherai de sa méprise. Je m'enfermerai dans mon amour comme dans une tour fortifiée, et je regarderai s'enfuir sur la route lointaine ces rêves dorés de ma jeunesse, si splendides aux premiers jours, et maintenant pâlissants et confus. Je suivrai d'un oeil assuré les feuilles dispersées de mes espérances, si vertes et si humides au matin, et si rapidement séchées avant l'heure du soir.

»Chaque fois que je verrai se fermer devant moi les portes d'une maison joyeuse, loin de pleurer sur mon isolement, je m'applaudirai, dans le silence de ma pensée, du choix glorieux de mon coeur; et, comparant le mensonge de cette fête à la fête perpétuelle de mon amour, je les plaindrai sincèrement de n'avoir pas comme moi le vrai bonheur.

»Tous les soirs, en me souvenant de la journée accomplie, en prévoyant la journée prochaine, je bénirai la sérénité harmonieuse de ma destinée, et sur les plaisirs tumultueux des autres femmes j'abaisserai un regard de pitié. Car ma vie se partage entre la prière et le dévoûment; et leur route est si bien frayée, qu'elles vous oublient, ô mon Dieu!

»Permettez seulement que je lui sois présente à chaque heure du jour; permettez qu'il ne souhaite rien au delà de mon amour, et qu'il ne regarde pas en arrière; faites qu'il vive tout en moi, comme je vis toute en lui.»

Mais un jour la mesure du sacrifice était comblée: elle a douté de la reconnaissance qu'elle avait méritée; l'inquiétude a rongé le fruit de son amour. Elle a pleuré, et ses larmes n'ont pas été essuyées; elle s'est affligée de l'ingratitude, et l'accusé ne s'est pas défendu.

Alors il s'est fait un grand désert autour de son coeur, et chacun de ses soupirs s'est perdu dans le silence. Elle était forte, et défiait le danger; elle était confiante et résignée, et ne demandait au ciel que des jours pareils aux jours évanouis; et voici que tout à coup la vaillance de cette femme s'est affaissée; voici que son espérance a fléchi comme le peuplier sous le vent qui passe.

Elle était jeune et ne savait pas le nombre de ses années, et voici qu'elle a vieilli en un jour; elle avait l'oeil splendide et superbe, et sur son front rayonnaient, en caractères éclatants, ses pensées heureuses et sereines, et voici que son regard s'est voilé, que les rides anguleuses ont inscrit sur son front sa plainte et sa douleur.

Seraitil vrai que la destinée humaine répudie, comme un rêve de jeune fille, les dévoûments illimités? seraitil vrai que l'amour se nourrit d'inquiétude et d'angoisses, que les tortures de la jalousie lui sont une sève généreuse et féconde, et que sa tige se flétrit dans l'atmosphère paisible et sereine de la fidélité? Je ne veux pas le croire; car, à ce compte, l'amour serait le plus cruel des supplices, la plus odieuse déception, et l'égoïsme habile et désintéressé serait la première des vertus, le plus raisonnable des devoirs.

Arrivée à cette crise douloureuse, il faut qu'Ellénore meure ou se rajeunisse. Courbée sous le poids de l'ingratitude, elle n'a plus qu'à s'endormir du sommeil éternel, si elle ne se réveille pas pour un nouvel amour. Celui qu'elle a condamné dans son coeur, fût-il moins coupable, ne saurait imposer silence à l'acharnement de ses soupçons. S'il n'a pas vraiment méconnu son amour, s'il n'a pas oublié ses sacrifices, s'il a seulement négligé de la bénir et de la remercier chaque jour comme il devait le faire, peu importe à celle qui souffre: il y a des larmes que nulle prière ne peut sécher. Quand ces douleurs et ces larmes sont venues, l'amour s'éteint et se réduit en cendres.

Quand Ellénore et Adolphe se rencontrent, chacun des deux est préparé à l'enthousiasme et au dévoûment. Le découragement et la vanité, qui sembleraient devoir s'exclure, se rapprochent et s'apprivoisent rapidement. Adolphe choisit Ellénore entre toutes les femmes, non pour la relever et la soutenir, car il ne la connaît pas assez pour sympathiser avec son chagrin, mais parce qu'elle a tenu tête à l'orage, parce qu'elle a lutté contre l'envie et la médisance, parce que les yeux sont fixés sur elle, parce que sa fidélité permanente a déjoué bien des ambitions injurieuses, parce que son dédain a humilié bien des jactances.

Ce qu'il faut au coeur d'Adolphe, ce n'est pas un amour mystérieux et timide; si toute la terre devait ignorer qu'il est aimé, si son bonheur devait rester dans l'ombre, il n'en voudrait pas. Ce qu'il souhaite, ce, qu'il appelle de ses voeux et de ses larmes, c'est une lutte publique, un triomphe éclatant, un amour qui puisse lui tenir lieu de gloire.

Or, pour réaliser ce voeu d'Adolphe, pour étancher la soif de cette vanité qui le dévore, une femme belle et jeune, vivant dans le secret de la famille, élevée dans les doctrines de l'obéissance et du devoir, épargnée de la calomnie, nourrie dans un bonheur paisible, et défiant les tempêtes qu'elle ne prévoit pas, ne peut lutter avec Ellénore.

Si Adolphe cédait naïvement au besoin d'aimer, il ne marquerait pas si haut le but de ses espérances; il choisirait près de lui un coeur du même âge que le sien, un coeur épargné des passions, où son image pût se réfléchir à toute heure sans avoir à craindre une image rivale; il comprendrait de luimême, il devinerait cette vérité douloureuse, et qui n'est jamais impunément méconnue, c'est que l'avenir ne suffit pas à l'amour, et que le coeur le plus indulgent ne peut se défendre d'une jalousie acharnée contre le passé; il ne s'exposerait pas à essuyer sur les lèvres de sa maîtresse les baisers d'une autre bouche; il tremblerait de lire dans ses yeux une pensée qui retournerait en arrière et qui s'adresserait à un absent.

Mais comme sa tête a voulu avant que son coeur désirât, c'est Ellénore qu'il attaque, et qu'il préfère à toutes les autres.

Il y a dans la possession de cette femme un aliment magnifique pour sa vanité; il sera envié par ceuxlà mêmes qui médisent d'elle, et qui se vengent de ses dédains en redoublant son isolement; il sera montré au doigt par la ville comme un lutteur adroit, comme un rusé jouteur: chaque fois qu'il entrera dans un salon, il entendra autour de lui le chuchotement glorieux de ses rivaux.

Il ne tremblera pas à la vue de ces convoitises empressées, qui, pour un coeur vraiment épris, sont un supplice de tous les instants. Il ne frémira pas devant cette profanation insultante qui ternit les plus chastes voluptés. Il ne rougira pas de honte et de colère en écoutant ces propos tenus à demivoix, qui font du bonheur une nouvelle où les secrets du foyer se discutent comme la marche d'une armée.

Non; il s'applaudira de son choix, et lèvera fièrement la tête.

Ellénore verra dans Adolphe un amour jeune et confiant. Déjà fléchissante et ridée, elle sera fière d'avoir été distinguée par un homme destiné à tous les succès du monde. Plus folle et plus imprévoyante qu'une jeune fille, égarée par l'isolement, elle ira jusqu'à espérer de cette aventure une réhabilitation jusquelà vainement essayée. Dans la crédulité de son coeur, elle attendra de ce nouvel engagement la paix et la sécurité qui ont manqué au premier; elle croira que les autres femmes, humiliées de son triomphe, se rallieront autour d'elle.

L'intervalle des années s'effacera. L'entraînement mutuel de ces deux coeurs, si différents et si mal connus l'un de l'autre, deviendra peu à peu irrésistible. À force de penser à Ellénore et de publier partout son admiration, Adolphe se convaincra, ou croira se convaincre de la réalité de son amour, et Ellénore tombera dans le même piège.

Mais, après le dernier abandon, le réveil sera terrible. À peine maître de la place qu'il a si vivement assiégée, il ne saura que faire de sa victoire; après avoir constaté par la possession un amour si ardemment désiré, il tremblera devant la durée de son engagement. En vue des années qui vont suivre, il sentira défaillir son courage, et regrettera l'extase qu'il avait à peine espérée.

Ellénore, après la confusion de la défaite, ouvrira les yeux, et cherchera vainement autour d'elle les félicitations respectueuses sur lesquelles elle avait compté; au fond de son coeur elle rougira de son inconstance, et doutera d'un bonheur si facile à changer.

Peu à peu, entre ces deux âmes trompées, mais toutes deux trop fières pour l'avouer, il s'établira une intimité douloureuse et résignée, intimité de mensonge et d'hypocrisie, fertile en subterfuges et en flatteries, prodigue de caresses et de baisers, cherchant à se distraire en affirmant sans cesse ce qu'elle ne croit pas.

Aucun des deux ne voudra être vaincu en générosité, et, pour ne pas laisser entrevoir son désabusement, chacun redoublera de prévenances, parlera de l'avenir avec de célestes espérances, traitera le reste du monde avec un dédain fastueux, cachera ses larmes sous l'ironie et la jactance, et fera de la ruse le premier de ses devoirs.

Par compassion pour sa victime, Adolphe déguisera son ennui et forcera son regarda sourire. Il étudiera ses moindres paroles pour épargner à sa maîtresse la honte d'un regret; il s'imposera l'enjouement et la sérénité par délicatesse.

À son tour Ellénore, si elle surprend sur le visage de son amant la trace de l'ennui, craindra de se plaindre et se résignera silencieusement. De jour en jour, elle s'affermira dans cette réserve douloureuse et grimacera l'enthousiasme.

Jusqu'au jour où tous les deux, las enfin de cette pitoyable comédie, jetteront le masque et se verront face à face.

Mais comme ils s'étaient choisis par fierté, ils ne prononceront pas encore le mot d'abandon. Ils renonceront à leur rôle, mais ils trembleront de se dégrader par une franchise trop prompte. Ils n'exalteront plus leur bonheur, mais ils accepteront la satiété comme une expiation, et ils commenceront une nouvelle épreuve, celle de l'intimité sans amour et sans mensonge.

Or, quand les choses en sont venues à ce point, quand l'amour, d'épreuve en épreuve, est arrivé à la satiété, l'enfer a commencé sur la terre. Les amitiés qui se dénouent, les promesses qui mentent, les reconnaissances oublieuses, les dévoûments admirés qui se flétrissent, tout cela n'est rien près de la satiété dans l'amour.

L'enthousiasme où l'âme s'est laissé emporter dans les premiers jours de l'engagement a métamorphosé à son insu toutes ses facultés. La vie entière est changée, et ne peut revenir à ses premières émotions sans d'horribles tortures. Tout ce qui se passe autour de nous avait pris un aspect nouveau, un sens imprévu. Habitués que nous sommes à écouter dans un autre coeur le retentissement de nos souffrances et de nos joies, quand cette intime fraternité, épuisée de lassitude, fléchit et s'affaisse, l'ennui fond sur nous comme un oiseau de proie.

Chaque jour les deux forçats rivés à cette chaîne, qu'ils pourraient briser, mais qu'ils gardent par ostentation et par entêtement, s'éveillent en maudissant. Chacun entrevoit la vérité, et rougirait de la dire. Chose étrange! ils s'étaient promis une mutuelle confiance, une franchise assidue, et voilà qu'ils persévèrent dans le mensonge, et qu'ils se glorifient dans l'hypocrisie; ils avaient juré de ne jamais voiler aucune de leurs pensées, et voilà qu'audevant de leurs coeurs ils placent une triple haie de sourires, de regards et de serments, voilà qu'ils commandent aux yeux et aux lèvres de jouer le bonheur absent.

S'il arrive à l'un des deux d'oublier un instant la servitude où il s'est cloué, au premier mouvement de liberté le bruit de sa chaîne le réveille en sursaut. Il se remettait en marche, et commençait un nouveau pèlerinage; il sent tout à coup se poser sur son épaule une main autrefois amie, qu'à peine il eût sentie, tant elle était légère, et qui aujourd'hui lui pèse et l'accable.

Mieux vaudrait cent fois la solitude avec ses découragements et ses défaillances; car, dans l'intimité rassasiée, toute la vie se ternit et se désenchante, toutes les heures de la journée contiennent des supplices prévus et inévitables. Il n'y a plus de jalousie, car chacun des deux captifs aspire à l'affranchissement, mais il s'établit entre ces deux colères honteuses d'ellesmêmes une sorte d'émulation. C'est à qui inventera pour l'autre une question injurieuse, un soupçon insultant. Comme si elle se repentait d'avoir obéi, la femme donne à toutes ses prières la forme d'un commandement. Si elle surprend dans le regard qu'elle épie un projet où elle ne soit pas de moitié, elle s'empresse aux larmes comme à une vengeance, elle inflige comme un châtiment ses caresses menteuses. Pour justifier son ennui et son abattement, elle interroge, comme un juge, toutes les actions qu'autrefois elle approuvait sans contrôle. Dès que son amant fait un pas, il trouve devant lui un oeil curieux qui attend sa réponse; s'il s'échappe un instant, il trouve au retour une bouche impérieuse dont chaque baiser est un ordre sans réplique. Elle voudrait lui trouver des torts pour éviter ses reproches, et, dans l'espérance de surprendre une faute, elle interroge toutes les minutes de sa journée.

Dans la solitude, après les défaillances désespérées, après les renoncements éplorés, il arrive à l'âme de refleurir et se relever. Elle aspire librement l'air qui l'environne, elle s'épanouit sous la chaude haleine que ride l'eau en passant, et lui porte une vapeur féconde. Mais dans l'intimité sans amour, rien de pareil n'est possible; il n'y a pas une heure d'abandon et de rêverie. Le silence est une plainte, et la parole une querelle. Chaque mot renferme un regret ou une invective. S'il pleure, elle l'accusera de faiblesse et de lâcheté. Si, face à face avec l'horrible vérité, il retient sur ses lèvres l'aveu près de lui échapper; si sa voix, suffoquée par les sanglots, balbutie une bénédiction impuissante, elle s'emporte, elle implore sa colère: elle s'irrite de cette douleur si peu virile, et lui souhaiterait de l'orgueil, afin de le combattre.

Que faire contre les larmes? quelle défense opposer à cette affliction qui se confesse? Quand les larmes ne se mêlent pas à des larmes amies, quand une bouche adorée ne vient pas les boire dans nos yeux, et rafraîchir de ses baisers la paupière enflammée, l'homme s'avilit aux yeux de sa maîtresse, il se dégrade, il abdique sa grandeur: le nuage grossit et devient orage. Si elle eût pleuré, il était sauvé; mais elle a vu sa douleur sans la partager, elle l'a jugé, elle a mesuré sa force: il est perdu.

Après le premier apaisement, le mensonge recommence: car il faudrait une haute sagesse, un courage bien rare, pour céder sans autre combat un sol si longtemps défendu.

Mais le mensonge, d'abord si riche en métamorphoses, si habile à se déguiser, si fécond en ressources, devient de jour en jour plus maladroit et plus facile à surprendre: il n'est plus qu'une habitude, et se passe de volonté.

Le quivive perpétuel de cette intimité vigilante épuise enfin les dernières forces des deux adversaires. Ils n'ont plus besoin de s'interroger pour deviner leur mutuelle pensée: ils se disent adieu dans chacun de leurs embrassements.

Heureux, trois fois heureux ceux qui n'ont pas attendu trop tard pour se deviner, et qui se sont quittés à temps! car ils ont au moins, pour se consoler pendant le reste de la route, le souvenir du bonheur passé; ils peuvent se rappeler dans une amitié durable un amour évanoui; ils assistent muets aux funérailles de leur enthousiasme, et en parlent sans amertume comme d'un fils emporté par la guerre.

Mais combien rompent au lieu de dénouer! combien, s'acharnant à leur amour, bâtissent des haines implacables sur des intimités obstinées!

Si Ellénore se séparait d'Adolphe le jour où elle est sûre de son abandon, elle pourrait encore espérer sur la terre des jours sereins et paisibles; si elle acceptait franchement la destinée qu'elle s'est faite, si elle ouvrait les yeux et mesurait la route parcourue, il y aurait encore pour elle des chances de salut; mais elle sait qu'elle n'est plus aimée, et elle pardonne. Au lieu de réhabiliter celui qui la trompait, elle, devient pour lui un objet de pitié.

S'il aimait une autre femme, s'il s'était laissé prendre à une affection passagère, je concevrais le pardon; ce serait générosité pure, et la reconnaissance pourrait assurer la fidélité à venir. Mais pardonner l'abandon, pardonner le délaissement qui n'a pas un autre amour pour excuse, pardonner l'hypocrisie, c'est une folie sans remède, c'est s'avilir pour quelques jours de répit, c'est appeler sur soi le mépris, c'est mériter l'oubli.

Or il n'y a pas une de ces austères vérités qui ne soit écrite dans Adolphe en caractères ineffaçables: c'est un livre plein d'enseignements et de conseils pour ceux qui aiment et qui souffrent. Quand on est jeune, on croit à peine à la moitié de ces conseils; à mesure qu'on vieillit, on s'aperçoit qu'il y en a beaucoup d'oubliés.

GUSTAVE PLANCHE.

FIN.